E3.

dtv

Elke will manchmal *einfach nur reden:* Warum liebst du mich?, fragt sie dann und schaut Schmalenbach aus großen Augen an. Er schlägt sich tapfer, solange es in ihren Gesprächen nicht um wirklich heikle Themen wie *die Spirale* geht. Schmalenbach gibt schließlich immer sein Bestes. Räkelt sie sich frühmorgens im Bett – *Elke schläft nackt* – und flüstert ihm *mach schnell!* ins Ohr, tut er, wie ihm befohlen. Und was macht sie? Sie heult. Schmalenbach wird seine Frau niemals verstehen. Doch was immer er anstellt: *Elke versteht das.*

»Liebevoll-bissige Satiren.« (Brigitte)

Wolfgang Brenner, geboren 1954, lebt als Journalist und Autor in Berlin und im Hunsrück. Er wurde 2007 mit dem Berliner Krimipreis »Krimifuchs« für sein langjähriges Schaffen in diesem Genre gewürdigt. Mit seinen Schmalenbach-Geschichten, die siebzehn Jahre in der ›Frankfurter Allgemeinen Sonntagszeitung‹ erschienen sind, hat er eine große Fangemeinde erobert.

Wolfgang Brenner

Elke versteht das

Deutscher Taschenbuch Verlag

Von Wolfgang Brenner
sind im Deutschen Taschenbuch Verlag erschienen:
Die schlimmsten Dinge passieren
immer am Morgen (20728)
Ich dachte schon, es ist was Schlimmes (20952)
Bollinger und die Friseuse (24579)
Bollinger und die Barbaren (24634)

**Ausführliche Informationen über
unsere Autoren und Bücher
finden Sie auf unserer Website
www.dtv.de**

Originalausgabe 2010
© 2010 Deutscher Taschenbuch Verlag GmbH & Co. KG,
München
Umschlagkonzept: Balk & Brumshagen
Umschlaggestaltung & Illustrationen im Innenteil: Lisa Helm
Satz: Greiner & Reichel, Köln
Gesetzt aus der Celeste 10/13
Druck und Bindung: Druckerei C. H. Beck, Nördlingen
Gedruckt auf säurefreiem, chlorfrei gebleichtem Papier
Printed in Germany · ISBN 978-3-423-21245-8

INHALTSVERZEICHNIS

HAST DU WIRKLICH VERGESSEN,
WAS FÜR EIN TAG HEUTE IST?

Als Schmalenbach an diesem düsteren Tag um halb elf Uhr abends nach Hause kam, saß Elke verheult vor den »Tagesthemen«.

Da nutzten ihm auch die besten Ausreden nichts mehr: Dass er bis zehn Uhr habe Überstunden machen müssen – wegen der neuen Buchstabennudelsuppenwerbung, die ihm sonst ein hippes New Yorker Kreativbüro vor der Nase weggeschnappt hätte. Dass er mit seinem besten Freund Pfeifenberger noch habe reden müssen, weil der doch eine Geschlechtsumwandlung plane, von der aber dessen Frau Carola, Elkes beste Freundin, nichts wissen dürfe. Dass ihn unterwegs ein heruntergekommenes kleines Mädchen angesprochen habe, das ihm Zündhölzer habe andrehen wollen, dann aber auf seine schwierige familiäre Situation zu sprechen gekommen sei und mit ihm zwei geschlagene Stunden sehr angeregt über die Ungerechtigkeit der Regelsätze bei Hartz IV diskutiert habe. Dass eine Straßenbahn mit einer Seniorengruppe auf Kaffeefahrt aus den Schienen gesprungen und er als Einziger zur Stelle gewesen sei, um dem verzweifelten Straßenbahnschaffner zu helfen, die Bahn wieder aufs Gleis zu schieben, und so

7

etliche alte Leutchen vor einer Unterzuckerung zu bewahren.

Elke rührte das alles nicht. Aus wundgeweinten Augen schaute sie Schmalenbach an und sagte: »Hast du wirklich vergessen, was für ein Tag heute ist?«

Was für einen Tag hatte er vergessen? Den Weltspartag? Den Tag des Baumes? Oder den Weltfrauentag? Wie konnte er? Wo er doch wusste, wie sensibel Elke mit Gedenktagen umging.

Und dann glaubte er auch noch, die Antwort gefunden zu haben. Elke mahnte doch zu Recht ihren Tag an. Ihren Tag! Den Tag, an dem sie sich vor nunmehr zwanzig Jahren begegnet waren. Oder waren es dreißig? Egal – Hauptsache, er wusste, worum es ging. Als gewiefter Werbetexter konnte er nun mit diesem Problem umgehen. Er konnte es wegtexten. Und das tat er dann auch.

»Ich werde doch diesen Tag nicht vergessen, Elke. Unseren großen Tag. Eher vergesse ich Weihnachten. Oder meinen Geburtstag.«

»Meinen hast du ja schon mal vergessen ...«

Ja, aber doch nur, weil Manderscheid ihn aufgehalten hatte. Angeblich hatte der umtriebige Medienmensch eine Einladung zu »Lanz kocht« gehabt und nicht gewusst, womit er dort glänzen sollte. Schmalenbach hatte dem Freund Elkes legendäres Gorgonzolasoßen-Rezept erläutern müssen und war deshalb eine, höchstens zwei Stunden zu spät zu dem Roastbeef gekommen, das Elke extra für ihren Geburtstagsschmaus besorgt hatte. Auch noch bei einem schweineteuren Biobauern, der nur an Kunden verkaufte, denen er unbedingt vertraute.

»... das war was anderes, Elke. Aber unseren Tag habe

ich natürlich auf dem Schirm. Ich erinnere mich, als wäre es gestern gewesen. Du hast diesen ultraknappen roten Minirock getragen und die Bluse, die eigentlich nur aus Spaghettiträgern bestand. Du warst die süßeste Sachbearbeiterin im Rhein-Main-Gebiet und ich der glücklichste Germanistikstudent mit Taxischein.«

»Schau mal auf den Kalender! Wir haben Mitte Februar. Glaubst du, ich laufe im Winter im Mini und mit Spaghettiträgern herum?«

»Jetzt fällt's mir ein: Als wir uns zum ersten Mal sahen, hast du Keilhosen und einen Muff getragen. Ich dachte noch: Wie geschmackvoll diese junge Frau sich kleidet. Du hast entzückend ausgesehen.«

»Quatsch!« Elke verlor langsam die Geduld mit ihm. »Wir sind uns im Sommer im Holzhausenpark begegnet – und du warst deutlich angetrunken. Meine Mutter hat mich ja gewarnt. Aber wie gut es gewesen wäre, auf seine Mutter zu hören, bemerkt man immer erst, wenn es zu spät ist.«

Schmalenbach gab sich geschlagen. »Also nicht unser Tag?«

»Nein. Auch nicht der Tag der Deutschen Einheit oder der Tag der offenen Tür. Heute ist Valentinstag – und du hast ihn vergessen, Schmalenbach.«

Das war natürlich fatal. Valentinstag. Ausgerechnet. Wie kam er da bloß wieder raus?

»Aber der Valentinstag – das ist doch der Gedenktag der Verliebten, Elke!«

Woraufhin Elke nun leider vollends in Tränen ausbrach. Schmalenbach machte an diesem Tag aber auch alles falsch.

»Ich meine damit ja nur: Wir sind eigentlich schon lange nicht mehr ineinander verliebt ...«

Elke weinte haltlos – und Schmalenbach kam sich vor wie ein betrunkener Elefant.

»... wir sind doch längst ein gereiftes Paar. Zwei Menschen, die wissen, dass sie zueinandergehören. Und dass sie nicht mehr voneinander lassen können. Elke, das ist Liebe. Mit denen, die sich heute verlieben und morgen feststellen, dass nicht mal ihre Bettwäsche zueinanderpasst, haben wir nichts zu tun. Wir sind gereift in den Stahlgewittern unserer Beziehung. Kannst du dich noch erinnern, wie ich damals mitten in der Nacht und bei strömendem Regen zu deiner Mutter geeilt bin, um dich zurückzuholen, nachdem du mich verlassen hattest, weil ich ...«

»Was soll das? Nachts bei strömendem Regen? Du warst doch nicht zu Fuß unterwegs, oder? Und dein Golf hatte Scheinwerfer.«

»Ja, schon. Aber ...«

Elke sprang auf. Sie war nun richtig wütend. »Für mich ist der Valentinstag so etwas wie für andere ihr Hochzeitstag.«

»Aber wir sind doch gar nicht verheiratet, Elke.« Schmalenbach versuchte, seiner Stimme einen verständnisvollen und gleichzeitig abgeklärten Ton zu verleihen. Elke sollte wissen, dass sie in ihm einen Partner hatte, der sie auffing, der ihre Schrullen verstand, der aber auch rechtzeitig die Notbremse zog – wie jetzt, wo sie sich in diesen Quatsch mit dem Valentinstag hineinsteigerte.

Irgendwie schien ihm dieser schwierige Kraftakt auch zu gelingen. Bis ...

»Gerade weil wir nicht verheiratet sind, nehme ich diesen Valentinstag so wichtig, du Blödmann!«, fuhr Elke ihn an.

Ach so.

»Wir sind nicht verheiratet. Wir haben keine Kinder. Was bleibt denn da noch?«, fragte sie. »Dass wir sonntags gemeinsam frühstücken und du mir ein weich gekochtes Ei servierst? Das hat Dieter Bohlen für Verona Feldbusch auch getan.«

Irgendwie hatte Elke ja recht, und irgendwie war er ein unsensibler Trottel. Aber musste sie deshalb gleich so schreien? »Aber unser Leben ist doch in Ordnung. Haben wir nicht regelmäßig Sex? Und dann auch noch miteinander. Das ist nicht so selbstverständlich, wie du glaubst, Elke. Haben wir nicht beide wunderbare Jobs? Ich in der Werbeagentur ...«

»Sich Tag für Tag hirnlose Slogans für Tütensuppen ausdenken – ist das das, was du dir erträumt hast? Damals hattest du zwar nur ein nutzloses Magisterzeugnis, aber den Kopf voller Flausen. Und was ist daraus geworden? Einer, der stolz darauf ist, dass seine unreinen Reime auf Plakatwänden zu lesen sind.«

Mann, war Elke diesmal stur.

»Es geht ja weniger um mich als um dich. Du hast doch eine Arbeit, in der du ganz aufgehst. Wenn ich nur daran denke, welche Mühe du dir mit den Grünpflanzen in eurem Großraumbüro gegeben hast ...«

»Und was war der Lohn dafür? Neid und Missgunst von meinen unterbelichteten Kolleginnen ...«

Es gab ja noch anderes im Leben als die Arbeitswelt. »Wer kann schon von sich sagen, dass er einen solch interessanten Freundeskreis hat wie wir? Pfeifenberger, ein Cartoonist, ein kreativer Berserker, aber auch ein hochsensibler Mensch, mit dem man über alles reden kann ...«

»Aber nur so lange er das große Wort führen und von seinen angeblichen Heldentaten im Bett berichten darf.«

Gut, Schmalenbachs bester Freund Pfeifenberger war vielleicht nicht das allerbeste Beispiel. Aber was war mit Germersheimer, der unentwegt dicke Wälzer aus dem Dreißigjährigen Krieg verfasste?

Elke winkte ab. »Ein blutarmer Bücherwurm, der seit Jahrzehnten Bücher schreibt, die kein Verlag verlegen will.«

Schmalenbach hätte es wissen müssen: Elke stand auf den Erfolg.

»Dann nimm Manderscheid! Der Mann ist in allen Talkshows, und seine Intrigen auf den internationalen Festivals sind Kult. Früher seid ihr beide oft Arm in Arm über die Zeil gelaufen. Ihr habt so viele gemeinsame Interessen: Medien, Glamour, Literatur ...«

»Und Männer«, sagte Elke kühl.

Irgendwie war ihr gerade nicht zu helfen.

Schmalenbach seufzte. »Ich verstehe ja, dass dich meine Reserve gegenüber dem Valentinstag kränkt ...«

»Reserve nennst du das?! Du hast ihn einfach vergessen. Den wichtigsten Tag des Jahres. Zumindest für Liebende.«

Wenn er das gewusst hätte, hätte er bei »Amazon« einen Strauß Feldblumen bestellt, und Elke wäre sicher vor lauter Rührung dahingeschmolzen. Aber Schmalenbach war eben nicht der Typ, der den bequemen Weg ging.

»Weißt du überhaupt, dass Pfeifenberger sich an einem Valentinstag von seiner Carola getrennt hat?«, fragte er – und lauerte.

»Ja, das muss 1978 gewesen sein. Es hat ihn vierzehn Tage Gomera mit Vollpension gekostet, bis Carola bereit war, ihm zu verzeihen. Ich habe ihr damals dringend abgeraten.«

Es hatte keinen Sinn. Wenn Elke so drauf war, konnte Schmalenbach sich noch so abmühen: Er bekam keinen Stich.

»Gut, ich geb's ja zu: Ich habe den Valentinstag vergessen.« Ihm fehlte einfach die Kraft, weiter zu leugnen, was Elke längst wusste: Dass er ein gedankenloser, oberflächlicher, egozentrischer Eigenbrötler war. Und dass er Elke nicht verdient hatte. Das war das Schlimmste: Er hatte eine wunderbare Frau zu Hause, die auch nach zwanzig Jahren gerührt war, wenn er nur durch eine kleine Geste zeigte, dass er noch an ihre Liebe glaubte. »Wenigstens ein Blümchen hätte ich dir mitbringen müssen. Aber selbst das habe ich nicht geschafft. Mir ist wirklich nicht zu helfen«, seufzte Schmalenbach.

»Jetzt haben wir den Salat, du Spinner.« Elke kamen schon wieder die Tränen. »Jetzt tust du mir Leid.«

Das hatte Schmalenbach nicht gewollt. Bestimmt nicht. Das nicht.

»Weißt du was? Ich lade dich zum Essen ein«, schlug er vor – obwohl er wusste, dass das nur ein schaler Ersatz dafür war, was Elke eigentlich erwartet hatte und was ihr, auch seiner Meinung nach, zustand.

»Musst du nicht«, sagte sie – ihm schon deutlich gewogener.

»Doch. Wir gehen Sushi essen. Zur Feier des Tages. Das magst du doch so gerne.«

»Aber du hasst Sushi, Schmalenbach!«

Er würde es überstehen, schließlich hatte er einiges gutzumachen.

Elke lächelte schon wieder. »Weißt du, was mir wirklich Spaß machen würde?«

Bitte, bitte nicht zwei Wochen Gomera mit Vollpension, hoffte Schmalenbach.

»Ein Picknick!«

»Ein Picknick?«

»Ja, ein Picknick am Valentinstag. Findest du das nicht romantisch?«

»Romantisch?«, fragte Schmalenbach tonlos.

»Ja, romantisch. Ich gebe zu, das ist etwas verstiegen. Aber manchmal überkommt mich so ein Verlangen. Schmalenbach, nun sag doch was und schau nicht so belämmert!«

Also gut – wenn sich ihr Herz so vehement offenbarte. Schmalenbach wollte alles wiedergutmachen. Schließlich ging es um Elke. Um seine Elke. »Ist dir das wirklich ernst?«

Elke schaute ihn groß an. »Wenn ich das so sage, meine ich das auch so.«

Stimmt. Wenn Elke so etwas so sagte, meinte sie es auch so.

»Aber es ist spät abends, draußen haben wir minus drei oder vier Grad, und im Grunde sind wir beide todmüde. Eigentlich die schlechtesten Voraussetzungen für ein Picknick.«

»Wenn man etwas ganz, ganz fest will, dann schafft man das auch!«, sagte Elke, und ihre schönen braunen Augen blitzten dabei, als ginge es um Leben oder Tod.

Nun wusste Schmalenbach, was die Stunde geschlagen hatte.

Im Kühlschrank fand sich eine angebrochene Flasche Sekt. Schon mal was. Eine Packung Harzer Roller. Und Schinkenspeck, dessen Verfallsdatum abgelaufen war. Das genügte nicht. Elke war, was gastronomische Vergnügungen anging, nicht gerade einfach.

Schmalenbach rief den Cateringservice an, dessen Karte Elke ans Pinnbrett gestanzt hatte, und bestellte Sushi für zwei Personen. Das ging aber nur, wenn man auch ein Champagnergebinde für 99 Euro dazu bestellte – was immer das auch war. Dafür lieferten sie in jede auch noch so abgelegene Ecke der Stadt. Wenn gewünscht, auch in einer Stretch-Limousine. Für 299 Euro Aufpreis. Und das ohne Benzinkosten.

»Möchtest du eine Stretch-Limousine?«, rief Schmalenbach.

»Einfach nur ein Picknick. Nichts Besonderes.«

»Sushi?«

»Ja, nicht übel.«

»Schampus?«

»Was sonst passt zu Sushi?«

Elke mochte manchmal etwas planlos sein, aber sie wusste sehr gut, was sie wollte, wenn es um ihre großen Träume ging. Schmalenbach orderte alles zum Mainufer. In einer Viertel Stunde. 160 Euro. Ohne Mehrwertsteuer. Wenn sie sich dick anzogen, hielten sie es vielleicht aus, bis der Schampus in der Flasche gefror.

Aber Elke erwartete ihn im Bett. »Nun komm schon!«

»Wir wollten doch picknicken. Dein Picknick am Valentinstag!«

Elke räkelte sich. »Ich weiß ja, dass du es gut meinst. Wir feiern lieber hier, Schatz ...«

Schmalenbach stand der Mund offen. »Wir müssen in zehn Minuten am Mainufer sein. Es gibt Schampus und Sushi. Der Spaß kostet mich 160 Euro. Plus Mehrwertsteuer.«

Elke richtete sich auf. »Du glaubst doch nicht, dass ich da raus in die Kälte gehe?«

»Aber du wolltest doch unbedingt ein Picknick am Valentinstag.«

Sie ließ sich kraftlos ins Kissen zurücksinken. »Eine Frau hat manchmal ihre Launen, Schmalenbach, das weißt du doch. Das heißt aber noch lange nicht, dass sie deshalb bei Minusgraden am Main Sushi isst. Ich wollte bloß mal mit dir ... träumen. Deshalb hole ich mir aber nicht gleich den Tod. Gute Nacht!«

So kam es, dass Schmalenbach an diesem 14. Februar kurz vor Mitternacht auf einer Parkbank am Main saß, Champagner trank und Sushi aß. Alleine.

Das heißt: Bis sich dieser Kalle zu ihm setzte.

Kalle hatte seine Arbeit verloren und Frau und Kinder verlassen und lebte seither auf der Straße. Sushi wollte er nicht, aber den Schampus probierte er.

»Heute ist Valentinstag«, sagte Schmalenbach. »Prost!«

Kalle fuhr hoch. »Mann, das habe ich glatt vergessen.« Schon war er wieder weg.

Armer Irrer, dachte Schmalenbach und trank den eiskalten Schampus in einem Zug aus.

EINFACH NUR REDEN

Schmalenbach wurde immer nervöser. »Was ist mit dir?«, fragte er.

»Du könntest ruhig etwas engagierter sein, wenn du merkst, dass ich was habe.«

»Aber du hast ständig was.«

Das stimmte: Elke hatte ständig was. Meistens war sie unzufrieden: mit Schmalenbach, der Welt, den Männern, ihrem Gehalt oder ihrem Aussehen. Meistens aber mit Schmalenbach.

»Diesmal ist es anders. Diesmal geht es mir nicht um mich. Ich mache mir Sorgen um dich, Schmalenbach.«

Das war allerdings eine neue Qualität. Machte sie sich vielleicht Sorgen, dass er sich grämte, weil sie nicht mehr so gut aussah wie früher? Oder weil sie immer noch weniger verdiente als ihr Chef? Schmalenbach arbeitete fieberhaft an Dementis. Er wäre sogar bereit gewesen, leidenschaftlich ihrer Ansicht zu widersprechen, die Welt sei schlecht.

»Weißt du«, sagte sie und tätschelte seinen schweißnassen Handrücken. »Jeder braucht mal jemanden zum Reden. Wenn ein Mensch nicht darüber reden kann, was ihn bedrückt, stirbt er wie eine Pflanze, die nicht genug gegossen wird.«

Das klang sehr, sehr ernst.

»Aber wir reden doch. Wir reden ständig, mein Schatz. Gerade jetzt reden wir, Elke.«

»Ja, natürlich. Aber das genügt nicht.«

In diesem Moment brannte bei Schmalenbach ein Relais durch, das in letzter Zeit arger Beanspruchung ausgesetzt war. »Worüber willst du denn noch mit mir reden?! Wir reden über deine Darmkrämpfe, über deine Migräne, über deine Monatsbeschwerden, über deine Kolleginnen, über die Darmkrämpfe, die Migränen und die Monatsbeschwerden deiner Kolleginnen. Viel fehlt nicht mehr, und wir reden sogar über die Monatsbeschwerden deines Chefs.«

Elke schnäuzte sich indigniert die Nase. »Jetzt wirst du unsachlich, Schmalenbach.«

»Ich habe einfach die Nase voll. Dieses ewige Gequatsche über jeden Fliegendreck. Kann man sich nicht mal hinsetzen und einfach schweigen? Oder was lesen, ohne dass die Auswahl der Lektüre sofort thematisiert wird? Oder einfach nur guten Sex haben. Guten Sex, ohne davor und danach stundenlang darüber zu reden?«

Jetzt schwieg Elke. Sie schwieg sogar lange. Für ihre Verhältnisse enorm lange.

»Habe ich etwas Falsches gesagt?«, fragte Schmalenbach nach drei bis vier Minuten bang.

Elke schaute weg.

»Hätte ich den Sex aus dem Spiel lassen sollen?«

»Schon gut. Du hast mich nur bestätigt.«

»Worin?«

»In meinen schlimmsten Befürchtungen. Deine Ausfälle zeigen mir, wie sehr du leidest.«

Schmalenbach lachte auf. »Leiden? Ich? Ich fühle mich pudelwohl. Jedenfalls solange ich nicht unentwegt über alles reden muss.« Schmalenbach war es leid, er war es schrecklich leid, und er wollte zu einem Ende kommen. Zumal Pfeifenberger seit geschlagenen fünf Minuten auf ihn wartete und wahrscheinlich schon besorgt die Uhr im Blick hatte.

Jetzt knetete sie seine Hand wie einen Pizzateig. Schmalenbach wurde es ganz eigenartig. Er hatte das Gefühl, dass ihn noch etwas erwartete – eine schlimme Überraschung womöglich. Und der arme Pfeifenberger machte sich seit zehn Minuten arge Sorgen. Ärgere Sorgen noch als Elke.

»Es ist doch so: Man muss über das, was einen beschäftigt, reden«, sagte sie jetzt.

Schmalenbach wollte etwas entgegnen, doch Elkes entschiedener Blick gebot ihm zu schweigen, wenn er seinen Freund Pfeifenberger jemals wiedersehen wollte.

»Sieh mal: Ich habe meine Freundinnen, meine Kolleginnen, die Nachbarinnen, meine Mutter und zur Not sogar die Intrigantin Carola Pfeifenberger, wenn ich mal etwas loswerden will, aber du ...«

Fünfzehn Minuten. Wann hatte es schon mal jemand gewagt, Pfeifenberger fünfzehn Minuten warten zu lassen? »Ich habe doch dich, Elke. Mit dir kann ich doch über alles sprechen. Meine Darmmalaisen, meine Migräne, meine Mo...«

Elkes Blick traf ihn wie ein Gnadenstoß. »In jeder guten Beziehung braucht man ab und zu eine dritte Person, die zuhören kann und den Blick von außen hat. Aber du hast niemanden, zu dem du gehen kannst. Das ist die Sorge, die mich quält. Ich habe Angst, dass du an dem, was dich umtreibt, erstickst.«

Momentan erstickte Schmalenbach höchstens an der Vorstellung, Pfeifenberger schon ganze zwanzig Minuten warten gelassen zu haben, den Pfeifenberger, der Manderscheid wegen einer Verspätung von nur fünf Minuten zwei Reifen platt gestochen hatte.

»... ja, ich habe Angst, es auszusprechen: Weil du keine guten Freunde, keine netten Kollegen, keine Mutter hast, zu der du mit deinen Sorgen gehen könntest.«

»Warum sollte ich nicht zu meiner Mutter damit gehen können?«

»Weil deine Mutter sich für nichts anderes interessiert als für deinen verkommenen Bruder aus Offenbach.«

Da war was dran. Aber das andere – das stimmte nun wirklich nicht. »Ich habe sogar viele Freunde. Ich fange erst gar nicht an, sie aufzuzählen.«

»Alles Leute, die dich bei der erstbesten Gelegenheit verraten und verleugnen. Zu so jemandem geht man doch nicht mit seinen Beziehungsproblemen. Oder möchtest du vielleicht mit Germersheimer darüber sprechen, dass du mich im Bett nicht mehr befriedigst? Germersheimer hat in seinem ganzen Leben noch keine Frau befriedigt. Das ist doch kein Ratgeber für dich.«

Nur der Ordnung halber: Seit wann befriedigte er Elke nicht mehr? Und wie kam sie darauf, dass er mit seinen Problemen ausgerechnet Germersheimer behelligte? Und was noch wichtiger war: Wie sollte er Pfeifenberger erklären, dass er ihn fast vierundzwanzig Stunden hatte warten lassen? Überhaupt Pfeifenberger. Was bildete sich Elke ein, seinen besten Freund derart dreist zu übergehen? »Ich und Pfeifenberger zum Beispiel – wir erzählen uns alles.«

Elke war erst einmal sprachlos. Dann sagte sie leise: »Das wusste ich nicht. Ich meine, dass ihr redet – ja. Aber dass ihr auch über uns redet ...«

»Kränkt dich das etwa?«, fragte Schmalenbach überrascht und schaute dabei verstohlen auf die Uhr. Verdammt – Pfeifenberger würde ihm alle vier Reifen platt stechen. Und diesmal war er sogar im Recht.

»Es überrascht mich nur. Aber ich hätte es mir ja denken können. Dass es da im Hintergrund einen Menschen gibt, zu dem du gehst, dem du dein Herz ausschüttest, wenn du mich zum Beispiel nicht mehr richtig befriedigen kannst ...«

»Elke, ich weiß jetzt nicht, ob das das richtige Beispiel ist.«

Sie schniefte ein wenig, gestand dann aber ein: »Lass mal! Ich werde schon damit fertig. Ich bin ja schließlich erwachsen.«

Schmalenbach musste jetzt wirklich los. »Eben. Deshalb wirst du auch Verständnis dafür haben, dass ich etwas in Eile bin. Pfeifenberger wartet schon seit einer halben Stunde auf mich.«

Ihre Augen blitzten angriffslustig. »Aha, da werdet ihr euch wohl wieder einmal aussprechen. Du wirst ihm deine Sorgen beichten ...«

»Ja, ich glaube, das ist heute fällig.« Geplant waren eigentlich nur ein paar friedliche Biere und die Analyse der politischen Wetterlage im Nahen Osten nach den Wahlen in Palästina.

Elke war schon im Mantel. »Ich finde es ja richtig, dass

du dich mit jemandem darüber aussprichst, welche Probleme wir beide im Bett haben. Aber wenn das ausgerechnet Pfeifenberger ist, so ist es mir lieber, ich bin dabei und kann eingreifen, wenn du gewisse Dinge falsch darstellst.«

So kam es, dass Pfeifenberger an diesem denkwürdigen Abend gerade mit seiner Standpauke wegen Schmalenbachs sträflicher Verspätung loslegen wollte, als Elke neben Schmalenbach erschien und die Unterhaltung mit der munteren Aufforderung begann: »So, Jungs, dann mal los! Wäre doch ein Wunder, wenn wir Schmalenbachs sexuelle Probleme zu dritt nicht in den Griff bekämen.«

MACH SCHNELL!

Und es begab sich, dass Elke die Lust überkam. Morgens um halb acht. An einem ganz normalen Arbeitstag. »Komm noch mal ins Bett!«, gurrte sie und lüftete die Decke – eine Geste, die in Schmalenbachs alltagsmythologischem Gedächtnis wahre Stürme auslöste.

Die Sache hatte zwei Seiten. Die eine war libidinös und mächtig. Wann kam es schon mal vor, dass Elke sich außerhalb geregelter Vollzüge so vehement als Weib offenbarte? Schmalenbach sprach auf unangekündigte Herausforderungen sowieso besonders an. Zudem hatte er sich in letzter Zeit kontrovers mit einem zentralen Thema seiner Existenz beschäftigt: mit dem Sex. Und er war zu der Einsicht gelangt, dass es seinem körperlichen und mentalen Wohlbefinden gut bekäme, wenn er öfter Sex hätte. Sagen wir: Öfter als in letzter Zeit, also öfter als ... Aber lassen wir das.

Die andere Seite war: Schmalenbachs Kopf. Momentan war kein Platz für Sex. Er dachte daran, dass in einer Stunde die wöchentliche Kreativkonferenz stattfand, auf der alle Kreativen ihre kreativen Ideen vorstellen sollten. Schmalenbach hatte einen Horror vor Kreativkonferenzen, auf denen alle darauf warteten, dass er endlich mit einem kreativen Impuls aufwartete, obwohl ihm seit Wochen nur ein einziges Wort durch den Kopf geisterte: Schreibhemmung.

Elke hauchte: »So kannst du mich doch hier nicht allein lassen.« Wenn Schmalenbach gegen etwas machtlos war, dann waren das Appelle an seinen Beschützerinstinkt. Elke wusste das und spielte damit. Hinzu kam, dass sie morgens um halb acht, nach einem gesunden Achtstundenschlaf nicht nur am besten roch. Nein, ihre Haut fühlte sich auch anders an als sonst. Weicher, jünger, gieriger.

Schmalenbach wägte in Sekundenbruchteilen Für und Wider ab und kam zu einem verblüffenden Schluss: Wenn er um kurz vor acht noch keinen kreativen Einfall hatte, würde er auch um halb neun keinen haben. Dann war es doch besser, zu der Kreativkonferenz nicht frustriert und ausgelaugt zu erscheinen, sondern wenigstens mit dem Aplomb eines Mannes, der zwar beruflich auf dem absteigenden Ast war, aber zu Hause eine Frau im Bett hatte, die ihn an einem ganz normalen Werktag zum Wahnsinn brachte.

»Na also«, sagte Elke – und diese zwei Worte genügten, um bei dem ausgehungerten Schmalenbach einen hormonellen Overkill auszulösen.

»Du«, sagte sie noch. Er stutzte. »Was ist?«

»Es ist aber schon kurz vor acht.«

»Na und?«, grummelte das Tier in ihm, das sie aus seinem Winterschlaf geweckt hatte.

»Um halb neun muss ich im Büro sein. Du weißt doch – die Kernzeit«, erklärte Elke.

Schmalenbach überhörte die Mahnung. Schließlich

kannte er die biologisch bedingte Unart der Frau, in solchen Momenten Bedenken anzumelden.

»Mach schnell!«, hauchte sie. »Sonst bekomme ich eine Abmahnung.«

Als es vorbei war, zeigte die Uhr zwei Minuten nach acht. Sie lagen also optimal in der Zeit. Vielleicht würde er ausnahmsweise ein Taxi nehmen müssen – aber was hieß das schon, nach so einem Morgen? Schmalenbach beugte sich über seine Liebste und küsste sie innig. Dann lächelte er sie an wie ein junger Gott seine Göttin eben anlächelt.

Elke schluchzte. Sie drehte sogar ihren Kopf weg.

»Schatz, was ist?«

Sie weinte still in sich hinein, das arme Ding. »Ist es – das Glück?«, fragte er. Das gab es ja bei Frauen – sie wurden einfach nicht damit fertig, dass zwei Menschen so innig miteinander sein konnten. Männer kamen besser damit klar; denen halfen die Literatur oder der Sport.

»Oder bereust du es, dich so gehen gelassen zu haben?«

Eine bei Elke häufig auftretende Stimmung nach dem Sex. Schmalenbach arbeitete seit Jahren daran, ihr das schlechte Gewissen zu nehmen.

Elke richtete sich auf und zündete sich eine Zigarette an. Neun nach acht. Langsam musste er sein Taxi bestellen. »Ich bin so unglücklich«, sagte sie und blies ihm den Rauch ins Gesicht.

Das überraschte Schmalenbach. Er war davon ausgegangen, dass sie danach eher glücklich sein würde.

»Früher – da warst du aufmerksam und sensibel. Aber jetzt kommt es mir vor, als sei es dir völlig unwichtig, wie ich mich fühle.«

Wie kam sie denn darauf? Vor allem nach einem solchen Einstand am Morgen.

Elf nach acht. Hoffentlich kamen im Nordend nicht allzu viele auf die Idee, noch mal zu ihrer Frau ins Bett zu kriechen und sich anschließend ein Taxi zu rufen ...

»Das eben – das war für mich wieder ein Beweis dafür, dass du nur noch an dich denkst«, warf sie ihm vor.

»Aber du hast doch die Decke gelüftet und gesagt: ›So kannst du mich hier nicht allein lassen.‹«

»Es ist schon erstaunlich, wie ihr Männer komplexe Situationen auf simple Impulse reduzieren könnt. Ja, ich wollte mit dir schlafen. Und? Heißt das, Polen ist offen?«

»Elke, sag mir, was habe ich falsch gemacht?!«

Sie drehte sich weg und rollte sich in die Bettdecke ein, die sie eben noch so verführerisch gelüftet hatte.

Zwölf nach acht. Das würde böses Blut geben. Der Kreativdirektor hasste nur eines mehr als Kreative ohne kreative Impulse: Kreative, die zu spät kamen.

Ihr Rücken zuckte. Schmalenbach streichelte sie. »Wie eine billige Hure kommt man sich vor. So lieblos wie du diese Sache absolvierst«, jammerte sie.

»Lieblos? Ich? Ich bin der selbstloseste Liebhaber der Welt, Elke.«

Sie fuhr herum. »Meinst du, es ist schön für eine Frau, wenn der Mann den Sex hinter sich bringt wie einen Schnellesswettbewerb? Es ist demütigend. Ja, demütigend.«

Schmalenbach war verzweifelt. »Aber Elke, du hast doch gesagt: ›Mach schnell, beeil dich!‹«

»Aha, jetzt bin ich auch noch schuld daran, dass du dir nicht mal zum Sex Zeit nimmst?«

Schmalenbach nahm sie in den Arm. Sie blieb kalt wie ein Fisch. Er musste ihr sehr weh getan haben. Warum war er so gedankenlos gewesen? Nur wegen der Stechuhr in ihrem Büro und seiner verdammten Kreativkonferenz? Es gab doch Wichtigeres im Leben.

Schmalenbach kam sich erbärmlich vor. Ganz erbärmlich. Er streichelte sie und herzte sie. Beinahe wären ihm auch noch die Tränen gekommen – wenn er nicht gewusst hätte, dass Elke darauf überhaupt nicht stand.

»Schwöre, dass du nie wieder so herzlos mit mir umspringst!«

»Ich schwöre!«, hauchte er. Und – wie die Natur so ist – diese Unterwerfung löste die innere Verkrampfung, die ihn manchmal so schlimme Dinge tun ließ. Er spürte plötzlich eine große Wärme und eine große Zärtlichkeit. Er küsste Elke, und sie küsste ihn zurück. Und dann bemerkte er, dass er sie schon wieder begehrte. So etwas geschah nicht alle Tage. Elke bemerkte es auch und sah es als eine ungeschickte Bitte um Vergebung an. Im Nu fielen sie wieder übereinander her. Das heißt: Sie wollten es, und Schmalenbach hatte sich gerade fallen lassen – als Elke ihn von sich wegstieß und aufsprang. »Das kann doch nicht wahr sein!«

»Was ist denn jetzt?!«

»Viertel nach. Du weißt doch, wie meine Chefin immer guckt, wenn man zu spät kommt.« Im Nu war sie in den Kleidern. »Rufst du mir ein Taxi?«

»Aber wir wollten doch gerade ...«

»Sei nicht albern, Schmalenbach! Das kann wirklich warten. Oder willst du, dass ich den Kaffee kochen muss?« In Elkes Büro musste derjenige, der zu spät kam, zur Strafe den Kaffee kochen.

»Nein, das will ich natürlich nicht. Nur ...«

»Dann steh auf und hol mir ein Taxi!«

Schmalenbach tat es. Es war siebzehn nach acht. Die Kreativkonferenz würde er heute verpassen. Hauptsache, zu Hause war alles in Ordnung. »Jetzt ist doch alles in Ordnung, oder?«

»Quatsch nicht! Hilf mir lieber, ich finde mal wieder meinen Gürtel nicht!«

DIE PUMPS

»Ich bin ja größer als du«, sagte Elke.

Unglaublich. Was diese Frau sich herausnahm. »Nur weil du diese hochhackigen Schuhe trägst, kannst du nicht einfach behaupten, du wärst größer als ich. Pass bloß auf, dass du nicht umknickst! Dann ist nämlich dein Fußknöchel hin. Oder sogar dein Oberschenkelhalsknochen. Bei älteren Menschen ist das eine Sollbruchstelle.«

Natürlich war das ein bisschen unfair – das mit dem Oberschenkelhalsknochen. Aber ab und zu musste man ihr die Grenzen aufzeigen, an die sich auch Liebende im Umgang miteinander halten sollten. Elke schoss manchmal übers Ziel hinaus, aber sie war auch lernfähig und reagierte sensibel auf kleinste Fingerzeige.

»Aber ich bin größer als du«, sagte sie schon wieder. »Siehst du das denn nicht?« Jetzt tat sie auch noch so, als schaute sie auf Schmalenbach herab. Nur weil diese neuen Pumps noch höher waren als die alten, in denen sie schon nicht sicher hatte gehen können.

»Elke«, begann er ganz gelassen, »du kannst doch nicht ernsthaft behaupten, du wärst größer als ich. Ich bin ein Mann, du bist eine Frau.«

»Germersheimer ist auch kleiner als seine Geschiedene. Ist er etwa kein Mann?«

»Elke, das ist jetzt kein gutes Beispiel.«

»Warum denn nicht?«

»Weil ich nicht Germersheimer bin, zum Teufel!«

»Seine Geschiedene lief immer in flachen Tretern herum. Damit man nicht bemerkte, dass sie größer war als Germersheimer. Die Ehe ist trotzdem in die Brüche gegangen: Weil Germersheimer es nicht ertrug, dass seine Frau größer war als er – und dazu noch Oberstudienrätin.«

Die Sache drohte nun doch auszuufern. »Elke, Germersheimers Exgattin ist gar keine Oberstudienrätin, aber das ist auch egal. Wichtig ist momentan nur eines: Du bist nicht größer als ich! Alles andere ist Quatsch.«

»Ist dir das denn so wichtig, Schmalenbach?«, fragte sie mit therapeutischem Unterton. »Größer zu sein als deine Frau?«

Auf diesen Ton reagierte Schmalenbach sonst besonders gereizt. Aber diesmal blieb er äußerlich ruhig. Allerdings: gefährlich ruhig. »Dir ist es offenbar wichtig, Elke. Sonst würdest du es ja nicht so betonen.«

»Ich betone gar nichts. Das habe ich gar nicht nötig. Ich sage bloß das, was der Fall ist: Ich bin größer als du.«

»Ein Witz! Lächerlich. Ich bin einsachtundsiebzig. Und du?«

»Keine Ahnung. Aber du bist ganz sicher keine einsachtundsiebzig. Denn ich gucke auf dich runter. Schau doch her!«

Unglaublich. Jetzt stieg sie auch noch auf die Zehenspitzen, nur um recht zu behalten.

»Du stehst auf einem Podest, Elke!«

»Unsinn! Ich bin einfach nur größer. Warum kannst du das nicht akzeptieren? Es gibt viele Frauen, die größer sind als ihre Männer. Zum Beispiel Cher.«

»Hat die denn überhaupt einen Mann? Wer interessiert sich schon für eine Frau, die sich alle paar Tage einer anderen Schönheitsoperation unterzieht?«

Das wiederum machte Elke wütend: »Wenn ihr kleinwüchsigen Typen euch in die Enge gedrängt fühlt, werdet ihr immer unfair.«

Schmalenbach fand, dass es höchste Zeit war, einiges zurechtzurücken. Sonst bestand die Gefahr, dass die Sache überkochte und ihr ansonsten gutes Verhältnis empfindlich trübte.

»Hör mal, Schatz!«

»Ja, mein Kleiner?«

Gut, wenn sie es so wollte, sollte sie es so haben. »Es zeugt von einer gewissen Wahrnehmungsschwäche, wenn man auf hochhakige Schuhe steigt und dann behauptet, schon immer so groß gewesen zu sein. Die wirklichen Verhältnisse zeigen sich im Zustand der Nacktheit, Elke. Wie oft haben wir uns schon im Schlafzimmer gegenüber gestanden? Und? Was war da?«

Das brachte Elke zum Nachdenken. Endlich.

»Was in unserem Schlafzimmer war, fragst du, Schmalenbach? Ich dachte, wir sprechen gerade über so unverfängliche Dinge wie die Körpergröße ...«

Aha, sie wollte also den Krieg. Den Kampf Mann gegen Mann. Den konnte sie haben. »Elke, und wenn du dich auf den Kopf stellst: Du bist nicht größer als ich!«

»Weißt du, dass dir am Mittelscheitel die Haare ausfallen? Und das ist noch nicht alles, du hast auch Schuppen.«

Jetzt geschah es doch: Jetzt polterte er los: »Ich hatte noch nie einen Mittelscheitel. Merk dir das gefälligst!«

Elke aalte sich in ihrem Triumph: Sie hatte Schmalenbach aus der Fassung gebracht. Den großen Schmalenbach. »Aber vielleicht würde dir ein Mittelscheitel gut stehen, was meinst du? Ein Mittelscheitel macht immer ein bisschen größer. Natürlich nur optisch.«

Nein, nicht auf diesem Niveau. Nicht mit Schmalenbach. Er nahm seine Zeitung und verzog sich in eine Ecke. Es gab Wichtigeres auf der Welt als dieser absurde Streit. Was sollte auch das ganze Hin und Her? Irgendwann musste Elke die hochhackigen Pumps ja ausziehen – und dann schlug die Stunde der Wahrheit.

Doch Elke blieb in ihren Pumps. Sie stöckelte damit durch die Wohnung, als wären sie angewachsen.

»Denk doch bitte an die Nachbarn und an unseren Bodenbelag und ziehe in der Wohnung diese Stöckelschuhe aus!«, mahnte Schmalenbach. Doch sie blies ihre blondierte Haarsträhne aus der Stirn, wie sie es immer tat, wenn sie genervt war. Die Schuhe blieben an ihren Füßen.

Wenn wir schlafen gehen, werde ich es ihr zeigen, dachte Schmalenbach, sie kann ja schlecht mit den Pumps ins Bett gehen. Obwohl – wenn Elke so verstockt war wie in diesem Fall, musste man mit allem rechnen. »Bist du denn gar nicht müde, Schatz?«, fragte er, als sei nichts gewesen.

»Nöö. Ich bin putzmunter.« Ausgerechnet Elke. Sonst lag sie kurz vor elf im Bett.

»Ich glaube, ich gehe jetzt schlafen.« Er gähnte. »Willst du noch lange aufbleiben?«

»Noch ein bisschen. Aber gehe du ruhig schon mal schlafen!«

Das könnte ihr so passen. Damit sie sich ins Bett schleichen konnte, ohne Schmalenbach barfuß gegenüberzutreten zu müssen. »Ich warte auf dich, Schatz.«

»Musst du nicht. Du brauchst doch deinen Schlaf.«

Das klang in seinen Ohren so, als wollte sie sagen: Wenn du noch wachsen willst, brauchst du deinen Schlaf. Aber ein Schmalenbach ließ sich nicht so leicht provozieren. Er blieb souverän, schließlich war er als Intellektueller gewohnt, Missstimmungen vernünftig zu diskutieren, anstatt sich von ihrem emotionalen Strudel mitreißen zu lassen. »Sag mal, hast du deinen Busen ausgestopft?«

Elke schaute an sich herunter. »Wie kommst du denn darauf? Mein Busen ist so groß.«

»Niemals! Ich kenne doch deinen Busen, Elke. Du trägst einen BH mit Verstärkung, was?«

Elke bebte vor Empörung. »Was fällt dir ein?! So etwas brauche ich nicht.«

»Warum sollte eine Frau, deren Busen ein wenig klein geraten ist, nicht mit etwas Geschick optisch nachhelfen?«

Jetzt wurde Elke laut: »Mein Busen ist nicht zu klein geraten. Er ist genau richtig.«

Die Arme. Das hatte Schmalenbach nicht gewollt. »Natürlich. Er ist so wie ich ihn liebe. Mach dir keine Gedanken, Schatz!«

»Und warum sagst du dann so etwas?« Elke war den Tränen nahe.

»Verzeih mir! Ich habe mich halt getäuscht. Natürlich musst du deinen Busen nicht ausstopfen. Er ist großartig.« Um ihr das zu beweisen, nahm er sie in den Arm und küsste sie leidenschaftlich.

Es kam, wie es kommen musste: Sie landeten im Bett.

Danach war alles wieder gut. Sie lagen selig nebeneinander. Schmalenbach war mit sich und der Welt im Reinen. Bis Elke plötzlich sagte: »Jetzt weiß ich woran es liegt: Die Menschen schrumpfen im Laufe des Tages. Abends sind sie kleiner als morgens. Das ist wissenschaftlich erwiesen.«

»Schlaf gut!«, sagte Schmalenbach und seufzte.

»Morgen früh bist du wieder ein bisschen größer«, tröstete Elke ihn. Und dann kicherte sie: »Ich aber auch.«

ELKE SCHLÄFT NACKT

Elke schläft nackt. Schon immer. Davon rückt sie nicht ab. Sie sagt, es gibt Dinge, die ist eine Frau sich einfach schuldig. Dazu gehören eine abwechslungsreiche Garderobe, ein erfülltes Sexualleben, das Abonnement einer Hochglanz-Illustrierten, ein lupenreiner Ruf – und das Nacktschlafen.

Schmalenbach hat nichts dagegen. Er findet nur, in ihrem Alter könnte Elke etwas nachsichtiger mit sich selbst umgehen. Sie muss sich doch nichts mehr beweisen. Kein Fremder schaut herein, nichts dringt nach draußen. Selbst die extrovertiertesten Männer werden in vertrauter Runde prüde und einsilbig, sobald das Gespräch auf die eigene Frau kommt. Frauen hingegen zerren die intimsten Geheimnisse ihrer Gatten ans Tageslicht, als wären es liebenswerte Marotten. Pfeifenbergers Gattin Carola zum Beispiel hat vor einiger Zeit in Frankfurter Frauenkreisen herumerzählt, dass er sich nichts sehnlicher wünscht, als ihr beim Sex mit einem anderen Kerl zuzuschauen. Pfeifenberger fiel aus allen Wolken, als Germersheimer deswegen bei ihm vorstellig wurde. Pfeifenberger wies den Aspiranten darauf hin, dass er nichts über Carolas Kopf hinweg entscheiden konnte. Das sah sogar Germersheimer ein und begnügte sich vorerst damit, ein paar Einkäufe für die Pfeifenbergers zu erledigen – um die Vorbehalte auszuräumen, die Carola gegen ihn als Sexualpartner hegte.

Angesichts solcher Unterschiede im Mitteilungsverhalten der Geschlechter könnte Elke das Nacktschlafen durchaus lassen. Aber nein, Elke bleibt dabei, sie schläft weiter nackt, obwohl sie die Vierzig auch schon überschritten hat. »Kann ich es mir etwa nicht mehr erlauben, mich nackt zu zeigen?«, fragte sie kürzlich provokant.

Auf keinen Fall hatte Schmalenbach die Auseinandersetzung in diese Richtung lenken wollen. »Du hast immer noch einen begehrenswerten Körper«, beteuerte er.

»Was stört dich also daran, dass ich nackt schlafe?«

»Es ist einfach nicht zeitgemäß. Man achtet heutzutage nicht mehr so sehr auf den Effekt, man will es einfach nur bequem haben.«

»Aber ich habe es besonders bequem, wenn ich nackt schlafe. Und der Effekt ist mir völlig gleichgültig – so lange du es genießt, dass deine Frau nackt schläft.«

Schmalenbachs Problem war: Er selbst schlief nicht nackt. Er trug von Kindesbeinen an einen Schlafanzug. Neuerdings hatte er unter dem Schlafanzug sogar Gesundheitswäsche an. Aus Angst vor Rheuma. Und ab November trug er einen Schal. Das wäre nicht weiter schlimm, wenn sich nicht neben ihm eine nackte Frau räkeln würde.

Schmalenbach kam sich so alt vor, so wackelig und unerotisch: mit seiner Unterwäsche unter dem Schlafanzug und dem Schal. Manchmal kamen sogar Socken dazu. Wenn es besonders kalt war oder Erkältungskrankheiten kursierten. Dann strampelte Elke sich frei und streckte ihre

Glieder genüsslich aus. »Ich frage mich, wie du überhaupt schlafen kannst – so eingemummelt. Ich bekäme keine Luft. Ich brauche Bewegungsfreiheit. Aber du bist ja auch ein paar Jahre älter als ich.«

Dabei war der Altersunterschied zwischen ihnen nicht der Rede wert. Umso mehr ärgerte sich Schmalenbach. Natürlich bekam Elke nachts Hustenanfälle, sie hatte Gänsehaut und zitterte. Schmalenbach deckte sie zu – und war hellwach. Zudem begann er dann auch zu frieren, trotz Schal, Strümpfen und Gesundheitsunterwäsche. Er kam sich vor wie ein Eskimo in einem Swingerclub. Falls er dann gegen Morgen noch einmal einschlief, fand er dennoch keine Ruhe: Ab halb sechs begann Elke zu niesen. Um halb sieben klingelte der Wecker. Schmalenbach stand todmüde auf.

»Du siehst in letzter Zeit aus, als würdest du kein Auge zutun«, sorgte sich Pfeifenberger.

Schmalenbach tat einen tiefen Seufzer: »Elke lässt mir nachts keine Ruhe.«

Pfeifenberger war etwas verwirrt. »Sprichst du von der gleichen Elke, die auch ich kenne?«

»Es ist nicht das, was du meinst. Unser Sexleben ist ausgeglichen und harmonisch. Wir lassen nichts aus, wir übertreiben es aber auch nicht. Mehr möchte ich dazu jetzt nicht sagen.«

Das verstand sogar Pfeifenberger. Er schwieg andächtig und machte sich so seine Gedanken.

»Ich weiß, was du jetzt denkst«, sagte Schmalenbach. »Du glaubst, wir haben Probleme im Bett.«

»Ich? Wie käme ich dazu? Und wenn – es würde mich doch nichts angehen.«

»Eben«, sagte Schmalenbach und schlug vor, das Thema zu wechseln. Also kam Pfeifenberger auf Hartz IV zu sprechen.

»Elke schläft nackt«, unterbrach ihn Schmalenbach schon nach wenigen Sätzen. »So, jetzt ist es raus. Jetzt weißt du's.«

»Und was ist so schlimm daran?«

»Sie hustet die halbe Nacht. Und sie macht sich lustig darüber, dass ich einen Schlafanzug trage.«

»Weiber«, sagte Pfeifenberger verächtlich. »Was ist schon dabei, einen Schlafanzug zu tragen? Als ob es darauf ankäme. Ich trage auch einen Schlafanzug. Wenn es allerdings zur Sache geht, dann schlackert Carola nur noch mit den Ohren, kann ich dir sagen ...«

So genau hatte Schmalenbach es gar nicht wissen wollen. Aber Pfeifenberger kam nun erst recht in Fahrt: »Die Frauen wissen gar nicht, was sie an uns haben. Wir schlafen in Schlafanzügen. Na und? Sind wir deshalb nur halbe Männer? Dafür bleiben wir das ganze Jahr über gesund und morgens erheben wir uns ausgeschlafen.«

Das waren aufbauende Worte. »Genau!«, sagte Schmalenbach und schlug die Faust auf den Tisch.

»Da gibt es ganz andere Kandidaten. Von Germersheimer wird erzählt, er trage sogar noch Gesundheitswäsche unter dem Schlafanzug«, vertraute Pfeifenberger ihm an. »Da sind unsere Frauen doch noch gut bedient.«

»Das meine ich auch«, sagte Schmalenbach etwas kleinlaut.

»Und im Winter hat er seiner Frau sogar einen Schal und Socken zugemutet. Kein Wunder, dass sie mit einem jungen Hengst durchgebrannt ist.«

»Kein Wunder«, sagte auch Schmalenbach. Das Gespräch mit Freunden brachte auch nicht immer die erhoffte Befreiung. »Carola muss ja nicht unbedingt wissen, dass ich dir erzählt habe, dass Elke nackt schläft«, bat er Pfeifenberger zum Abschied.

»Auf mich kannst du dich verlassen«, beteuerte Pfeifenberger. »Im Übrigen weiß Carola es schon längst. Elke hat es ihr erzählt.«

Schmalenbach lief es eiskalt den Rücken herunter. »Was hat sie denn sonst noch erzählt?«, fragte er bang.

»Sonst nichts«, behauptete Pfeifenberger. Aber Schmalenbach sah ihm an, dass Elke ihrer Freundin Carola alles erzählt und weder die Gesundheitswäsche noch die Socken ausgelassen hatte. Was für eine Demütigung!

Als Schmalenbach nach Hause kam, machte sich Elke gerade bettfertig. »Wie ich höre, hast du deiner Freundin Carola erzählt, wie wir schlafen.«

»Ja, und?«

»Es geht niemanden etwas an, dass ich nachts manchmal Gesundheitswäsche und Socken trage!«

»Aber Schatz, das tun doch viele. Germersheimer, zum Beispiel, der hat doch ...«

»Ich bin aber nicht Germersheimer!«, brüllte er.

In dieser Nacht schlief Schmalenbach zum ersten Mal nackt. Morgens hatte er Fieber und Schüttelfrost und bekam kein Wort heraus. Er hörte, wie Elke mit Carola telefonierte. »Schmalenbach ist furchtbar erkältet. Dabei habe ich ihm gesagt, du kannst bei diesen Temperaturen nicht nackt schlafen, wenn du's nicht gewöhnt bist. Aber du weißt ja, wie die Kerle sind, wenn sie sich etwas in den Kopf gesetzt haben.«

Immerhin: Sein guter Ruf war wiederhergestellt. Nach einem schrecklichen Hustenanfall konnte Schmalenbach endlich einschlafen. Ohne Schlafanzug, dafür aber in Socken und mit seinem Schal.

DER FELDMARSCHALL

Man wird ja auch älter. Und ruhiger. Und weiser. Und immer weniger eitel.

Deshalb versuchte Schmalenbach, Elke entgegenzukommen. Er aß weniger Fleisch. Er trank kaum noch Alkohol. Und er war kurz davor, seine Bibliothek auszumisten. Das war der Tribut, den man dem Alter zahlen musste.

»Du wirst sehen, wenn du einen Großteil deiner Bücher aussortiert hast, geht es dir besser. Du kannst freier atmen. Dein Kopf wird leerer. Du bist bereit für Neues.«

Schmalenbach war sich nicht sicher, ob er so viel Wert auf einen leeren Kopf legte. Es gab genug, die mit leerem Kopf herumliefen. Und? War die Welt dadurch besser geworden?

Allerdings hatte er im Laufe der Jahre viele Bücher angesammelt. Bücher, die er nicht brauchte. Bücher, in denen Schwachsinn stand. Bücher, die ihm und Elke den Platz zum Leben nahmen.

Es ist kein Geheimnis, dass Frauen ein ambivalentes Verhältnis zu Büchern haben. Wenn sie auf Partys darüber schwadronieren oder im Fernsehen darüber befragt werden, dann bekennen sie sich zu ihrer Lektüre so kämpferisch wie zur Deklaration der Menschenrechte: Bücher sind ihre engsten Freunde, Bücher sind Waffen gegen die Unterdrückung durch die Männer, Bücher sind der einzige Trost in einer geistfernen und unsensiblen Welt.

Frauen kaufen auch viel mehr Bücher als Männer. Das wissen nicht nur die Verlage – das wird den Männern auch bei jeder Gelegenheit unter die Nase gerieben. Aber Schmalenbach fragte sich schon seit Langem: Wo waren eigentlich alle die Bücher, die Frauen unentwegt kauften, lasen und im Freundinnenkreis so eifrig besprachen? Elke hatte alles – vom Kleinwagen bis zur elektronischen Lockenschere – aber sie hatte keine Bibliothek. Frauen nahmen ihre Lektüre sehr ernst. Aber sie bauten keine langfristigen Beziehungen zu ihren Büchern auf. Sie lasen die Bücher, aber sie sammelten sie nicht.

Männer sammelten leidenschaftlich Bücher. Aber sie lasen sie nicht. Behauptete jedenfalls Elke. Das war vor allem deshalb so gemein, weil sie recht damit hatte. Die Hälfte der Bände, die in seiner Bibliothek standen, hatte Schmalenbach nie gelesen. Warum auch? Er sparte sich den Genuss lieber für später auf.

Elke las alle Bücher sofort. Oft sogar schon auf dem Weg von der Buchhandlung nach Hause. Sie riss die verschweißte Hülle auf, nahm das Buch aus seinem Schutzumschlag – und verschlang es. Für Schmalenbach war so etwas kulturlos. Es erinnerte ihn an die Menschen, die im Supermarkt eine Packung Schokolade aufreißen, um den Inhalt gierig zu verspeisen und an der Kasse nur noch die zerfledderte Hülle zu bezahlen.

Schmalenbach hatte Achtung vor dem Buch. Er ließ einem Buch Zeit. Während Elke einen eben erst erworbenen und schon ausgenommenen Bestseller auf den Küchentisch knallte, ließ Schmalenbach ein neues Buch erst mal in der Klarsichthülle ruhen und deponierte es zum Reifen auf einem speziellen Regal für die Neueingänge. Bei Gelegenheit nahm er es wieder in die Hand, wiegte es, legte es zurück oder öffnete es und blätterte ein wenig – so wie man eine Frau erst einmal im Gespräch taxiert, bevor man sie mit nach Hause nimmt.

Elke las ihre Bücher – und vergaß sie. So roh konnte sie sein. Manche Bücher verschenkte sie sofort nach der Lektüre an irgendeine Freundin, die damit ebenso verfuhr. Mal abgesehen davon, dass solche Verhaltensweisen der darbenden Buchbranche den Todesstoß versetzten – ein Buch, das war doch ein Freund, eine Geliebte. Die gab man nicht einfach weiter, wenn man mit ihr oder ihm den Höhepunkt erreicht hatte. Man ließ sich Zeit mit einem Buch. Man erfreute sich an seinem Anblick. Man überlegte, wann der richtige Zeitpunkt gekommen war, es aufzuschlagen und zu lesen. Hemmungslos und ekstatisch. So war Schmalenbach. Deshalb hatte er ja seine Bibliothek.

Und die war Elke ein Dorn im Auge. Bibliotheken sind Frauen immer ein Dorn im Auge. Das hat was mit der Biologie zu tun. Und mit Innenarchitektur. Die Biologie und die Innenarchitektur sind die schlimmsten Feinde der Bücher. Machen wir uns nichts vor: Wenn eine Frau zu ihrem Mann sagt, die Bücher müssen weg, dann steckt natürlich auch Eifersucht dahinter. Frauen sind immer eifersüchtig auf Bücher. Auf die Bücher ihrer Männer. Ihre eigenen Bücher behandeln sie wie Strichjungen. Ex und hopp. Haben sie einen durch, kommt der nächste an die Reihe. Würdelos – findet Schmalenbach.

Dennoch musste er nachgeben. Elke wurde sonst zur Furie.

Also entschied Schmalenbach sich zu einem radikalen Schritt. Alle Bücher, die überflüssig waren und die keiner brauchte, mussten weg. Raus damit. In den Müll. Oder zum Trödler Schimala. Lebte eigentlich der alte Schimala noch? Schmalenbach wusste es nicht. Er hatte schon seit Jahren das dunkle Kellergeschäft auf der anderen Straßenseite nicht mehr betreten.

»Ich habe mir vorgenommen, Regal für Regal durchzugehen«, gab er bekannt. »Buch um Buch. Mit großem Ernst und mit der Rigorosität eines Feldmarschalls. Das Buch, das vor meinem kritischen Auge nicht besteht, kommt weg!«

Elke schaute skeptisch. »Was heißt das jetzt genau: weg?«

»Weg heißt weg. Es muss seinen Platz im Regal aufgeben«, erklärte Schmalenbach fest – und um sich spürte er eine sehr männliche Eiseskälte.

»Aber du hast nicht vor, es in ein anderes Regal zu verschieben?«

Doch, das hatte Schmalenbach vorgehabt. Als eine Art Zwischenlagerung. Wie die Atomindustrie zeigte, konnte man damit schon einigen Druck aus der Sache nehmen.

»Weg heißt weg!«, erklärte Elke, und Schmalenbach erschrak, als er den geschliffenen Stahl in ihren Augen aufblitzen sah. »Und wann beginnst du damit?«

Schmalenbach überlegte. Nächsten Herbst wäre ein guter Zeitpunkt. Oder übernächsten Sommer. Falls der wieder verregnet sein sollte ...

»Ich bin für sofort.« Elke wurde ernst. »Los! Ich helfe dir dabei.«

Das hatte Schmalenbach nicht gewollt. Welcher Mann gibt seiner Geliebten im Beisein der Gattin den Laufpass? Keiner – außer vielleicht Pfeifenberger.

Es half alles nichts: Elke griff wahllos nach einem Buch. »Autoren-Almanach Nordrhein-Westfalen 1984. Das kann wirklich weg«, sagte sie und ließ es achtlos auf den Boden fallen. Frauen können so böse sein, wenn sie ihre Vormachtstellung bedroht sehen ...

Schmalenbach bückte sich. »Ich lese oft in diesem Almanach. Wenn ich traurig bin – oder wenn du mir fehlst.« Er stellte das Buch zurück.

Elke zog das nächste Buch aus dem Regal. »Die wunderbare Welt der Seeanemonen. Mit zehn Schwarz-Weiß-Zeichnungen. Du weißt nicht mal, was eine Seeanemone ist.«

Schmalenbach nahm ihr das Buch aus der Hand. »Umso wichtiger ist dieses Werk für mich.«

Elke wurde sauer. »Entweder du musterst jetzt endlich ein Buch aus – oder ICH gehe!«

In Schmalenbach fanden blutige Schlachten statt. Doch dann obsiegte sein unbeugsamer Wille. Er zog den Band »Partnermassage leicht gemacht. Mit vielen farbigen Fotos und Kniffen für Körpermuffel« hervor. »Aus dem Alter sind wir doch raus, oder?«

»Sofort stellst du das Buch zurück!«, fuhr Elke ihn an. Schmalenbach gehorchte. Wenn eine Frau sich für ein Buch einsetzte, sollte man sich als Mann keinesfalls querstellen.

Die Sache ging über Schmalenbachs Kräfte. Er musste sich hinlegen.

»Morgen machen wir weiter. Dann glauben die Karl-

45

Marx-Bände dran. Den liest du sowieso nicht«, ordnete Elke erzürnt an.

»Mal sehen«, sagte Schmalenbach. Marx würde er nicht opfern. Vor allem nicht jetzt. Dann lieber das Männerkochbuch, das Elke ihm zu Weihnachten geschenkt hatte.

DIE NÄCHSTE KRISE
KOMMT BESTIMMT

Die Krise ist vorbei.

Ist sie das wirklich? Oder machen wir uns da was vor?

In Amerika ist nach der Immobilienblase von der Miet-wohnungsblase die Rede, die um vieles mächtiger sein soll als ihre Vorgängerin. Als Nächstes ist möglicherweise die Penthaus-Blase dran. Oder gar die Wochenendhaus-Blase. Kann man da noch ruhig schlafen?

Schmalenbach meinte: Nein. Zum ersten Mal in seinem Leben dachte er an Hamsterkäufe.

Elke kaufte Zigaretten sowieso stangenweise. Das tat sie aber immer. Wenn Schmalenbach sie darauf ansprach, fuhr sie ihn an: »Toilettenpapier kauft man ja auch nicht Rolle für Rolle, oder?«

Elke hielt sich überhaupt verdächtig zurück, wenn die Rede auf die Krise kam. Schmalenbach hatte den Ein-druck, dass sie zu den wenigen Menschen gehörte, die immer noch glaubten, sie sei nicht betroffen.

»Machst du dir denn keine Sorgen?«, sondierte er vor-sichtig die Lage.

»Worüber denn? Wir sind jung und gesund, wir haben eine Arbeit und lieben uns ... Oder sagen wir: Wir kommen

47

ganz gut miteinander aus. Worüber sollte ich mir Sorgen machen?«

Schmalenbach konnte das nicht fassen. War seine Elke so ein reiner Geist oder schaute sie einfach nur zu selten in die Tagespresse? »Aber alle Welt ächzt unter den Folgen der weltweiten Krise. Und du ...?«

Elke zündete sich eine Zigarette an und blätterte in ihrer Frauenzeitung. »Welche Krise denn? Die ist doch längst vorbei.«

Unglaublich. An dieser Frau prallte einfach alles ab.

»Vorbei? Hast du mal die Börsenkurse gesehen?«

»Natürlich. Seit Ende der Krise steigen sie kontinuierlich.«

Schmalenbach schnappte nach Luft. »Wann soll denn das gewesen sein? Das Ende der Krise?«

Elke schaute von ihrer Lektüre auf. Sie wirkte etwas verärgert. »Ja, wann wohl? Das weißt du doch selbst. Damals, als sie es in den Nachrichten gemeldet haben.«

An eine solche Meldung konnte Schmalenbach sich nicht erinnern. Ob er da etwas Wichtiges verpasst hatte?

»Anne Will hat sogar eine Sendung darüber gemacht. Ich glaube, sie hieß: Die Krise – endlich zu Ende. Oder so ähnlich.«

Das konnte Schmalenbach sich nun gar nicht vorstellen. »Da war sicher ein Fragezeichen mit im Spiel, Elke. Ein sehr, sehr dickes Fragezeichen.«

»Wenn überhaupt – ein Ausrufezeichen. Anne Will macht keine Sendungen mit Fragezeichen. Das unterscheidet sie ja von Maybrit Illner. Wohltuend, wie ich finde.«

Ob Maybrit Illner oder Anne Will – Schmalenbach war sich sicher, dass keine der Damen auf ihrem Sendeplatz selbstherrlich das Ende der Jahrhundertkrise ausrufen würde. Und selbst wenn Elke sich nicht getäuscht hatte – war das ein Grund für einen aufgeklärten und kritischen Menschen wie Schmalenbach, gleich die Fahne aus dem Fenster zu hängen?

Elke schaute etwas zerknirscht – wie immer, wenn er ihr nicht gleich recht gab. »Du bist so ... ängstlich, Schmalenbach. Ja, wirklich ängstlich. Alle Welt freut sich, dass dieses Zähneklappern vorbei ist. Die Menschen tanzen auf den Straßen und liegen sich in den Armen. Und du? Du kauerst immer noch wie gelähmt vor Angst in deiner Ecke und traust dich nicht raus.«

Also – wenn Schmalenbach Menschen auf den Straßen hatte tanzen sehen, dann waren das Betrunkene, die von der Krise sowieso nichts mitbekommen hatten. Und spontane Umarmungen in der Öffentlichkeit hatte er seit den späten sechziger Jahren nicht mehr beobachtet. Im Übrigen war er nicht ängstlich – er war einfach nur realistisch.

Elke aber neigte dazu, die Augen zu verschließen oder den Kopf in den Sand zu stecken, wenn es um ökonomische Belange ging. Im schlimmsten Fall tat sie beides gleichzeitig.

»Elke, ich appelliere an dein Verantwortungsgefühl: Die Lage ist immer noch ernst. Und wir sollten nichts Unbedachtes tun. Vor allem sollten wir den Blick für die Realität nicht verlieren.«

»Was soll das denn nun wieder heißen?« Elke verdrehte genervt die Augen.

»Keine unbedachten Ausgaben. Unbedingtes Sparen. Die Reserven zusammenhalten. Niemals den Überblick verlieren.«

Elke schleuderte ihre Zeitschrift in die Ecke. »Weißt du was: Mit dir macht das Leben keinen Spaß mehr. Diese ständige Schwarzmalerei. An nichts hast du Freude, du Miesepeter. Als es im Sommer so heiß war, haben wir Wasser gespart. Als es kalt wurde, drehten wir die Heizung kleiner. Was mutest du mir als Nächstes zu: Soll ich deine Klamotten auftragen? Oder soll ich mir einen Nebenjob in einem Callcenter suchen?«

Schmalenbach wusste gar nicht, warum sie sich so aufregte. Dass Elke seine Kleider auftrug, kam natürlich nicht infrage. Schon allein wegen der unterschiedlichen Größen nicht. Aber das mit dem Callcenter war angesichts der andauernden Krise gar keine schlechte Idee.

Schmalenbach wollte Elkes Anregung eigentlich aufgreifen. Aber bevor er überhaupt seine wohlabgewogenen Argumente vortragen konnte, war sie im Mantel und schlüpfte grußlos aus der Wohnung.

Wieder mal war er allein – mit der Krise.

Es war nicht einfach für einen Mann, in solchen Zeiten so ganz ohne Unterstützung seiner Frau dazustehen. Aber Schmalenbach war ja kein Jammerlappen, er war eben ein bedächtiger und realistischer Mensch. Im Gegensatz zu seiner Elke.

Er würde auch das durchstehen – notfalls musste er Elke entmündigen lassen. Angesichts der Krise würden die Gerichte seinen Fall zügig durchwinken. Nur eines war ihm wichtig: Schmalenbach wollte nicht, dass die kränkelnde Ökonomie auch noch auf seine Beziehung durchschlug. Trotz der analytischen Meinungsverschiedenheiten waren sie ja ein eingespieltes und harmonisches Paar. Und das sollte auch so bleiben – auch wenn sie sich nur noch von

Wasser und trockenen Brötchen ernährten und Elke notgedrungen ihre volle Geschäftsfähigkeit einbüßte.

Gegen Abend war Elke wieder da. Vollbepackt mit Paketen. »Das musste einfach mal sein«, sagte sie glücklich und ließ sich noch im Mantel auf einen Sessel fallen. »Du hättest mitkommen sollen. Das Shoppen war wie ... ja, wie guter Sex.«

Unverschämter ging es ja nun nicht mehr. Schmalenbach verzog sich grollend vor den Fernseher.

Als das Börsenbarometer kam, wollte er schon umschalten. Er konnte sich in seiner derzeitigen Verfassung nicht auch noch die schlechten Nachrichten aus der Wirtschaft zumuten.

»Lass doch mal!«, sagte Elke. »Der Dax ist heute überraschend hoch gestiegen.«

Das wäre aber ein Wunder. Und Wunder gab es in diesen Zeiten nicht.

Der Dax war wirklich gestiegen. Um achthundert Punkte. Und er stieg weiter.

Die Moderatorin strahlte. »Ist das der lange erwartete Aufschwung? Und wenn ja, wie kam er zustande?«

Die Analysten zeigten sich zwar überrascht angesichts der plötzlichen Erholung der Kurse. Aber sie waren ziemlich einer Meinung: Grund für den unerwarteten Konjunktursprung war nur eine Person.

Nicht der Präsident der Weltbank oder der Chef der EZB, die sowieso beide keine Zinssenkungen bekannt gegeben hatten. Auch nicht Obama, der erwartungsgemäß keine Entspannung am US-Immobilienmarkt verkündet hatte. Verantwortlich für dieses befreiende Hoch war eine Frau, die seit Stunden auf allen Kanälen zu sehen war.

»Ich wusste es!«, schrie Elke spitz auf.

Sie war im Fernsehen. Elke kam gerade aus einem Schuhgeschäft. Mit gleich drei Schuhkartons. Ein Reporter stellte sich ihr in den Weg. »Sie haben richtig eingekauft, wie man sieht?«

»Warum nicht?«, fragte Elke zurück.

»Das findet man heute nur noch selten. Können Sie sich das denn leisten?«

Elke stellte die Schuhkartons ab und nahm dem verdutzten Reporter das Mikro aus der Hand. »So wie Sie redet Schmalenbach auch ständig. Er sitzt zu Hause, beißt die Zähne zusammen und zählt sein Wechselgeld. Was meinen Sie, wie das auf eine Frau wirkt, die sich von ihrer Beziehung einmal ungestümen Sex, nie endende Liebe und vor allem Großzügigkeit versprochen hat? Wie ein Holzhammer. Deshalb kaufe ich ein. Ja, ich konsumiere über unsere Verhältnisse. Na und? Eine muss ja mal damit anfangen. Mensch, dieses Land braucht einen Ruck! Und der geht nur von uns mutigen Frauen aus, die sich tapfer den Sparappellen ihrer Männer widersetzen und Unmengen unsinniges Zeugs kaufen. Wir sind es, die diese Krise überwinden können, Mädels. Dann werden unsere Kerls auch aus ihren Ecken kriechen und die Lederhosen wieder anziehen.« Sie gab das Mikro zurück. »So, das musste ich mal loswerden. Und jetzt wird es Zeit: In einer Stunde schließen die Beauty-Studios.«

»Damit gebe ich zurück an Anja Kruse«, sagte der verdutzte Reporter.

Und die Moderatorin, die gar nicht Anja Kruse hieß, sondern ganz anders, hatte Tränen in den Augen. »Meine Damen und Herren, soeben wird gemeldet, dass der Dax seine historische Höchstmarke erreicht hat. Die Deutsche Bank stellt ab sofort wieder Leute ein. Und die Sparkassen vergeben Kredite unter zwei Prozent. Ohne Bonitätsprüfung. Und das haben wir einzig und allein dieser tapferen Frau zu verdanken, die sich nicht von ihrem Mann hat einschüchtern lassen und weiter munter das tut, was sie für das einzig Richtige in dieser Krise hält: Unsinnigen Kram kaufen. Ich verabschiede mich mit einem Appell an alle Frauen: Hören Sie nicht auf Ihren Schmalenbach! Tun Sie einfach, was getan werden muss! Und bleiben Sie gesund!«

Schmalenbach stellte den Fernseher ab. Er sagte kein Wort. Er seufzte nur.

Elke hatte ein schlechtes Gewissen. »Das wollte ich nicht. Ehrlich nicht!«

Schmalenbach ließ sie einfach stehen.

Sie lief hinter ihm her. »Ich hab dir auch was mitgebracht. Ein Streichholzbriefchen mit der Werbung von Karstadt drauf. So was magst du doch, oder?«

Schmalenbach ging wortlos ins Schlafzimmer.

Sie folgte ihm. »Was hast du vor?«

Schmalenbach öffnete den Schrank. »Ich suche nur die Lederhose, die ich deiner Meinung nach nun schnellstens anziehen sollte.«

Elke strahlte. »Unten rechts. Unter der Heizdecke.«

DAS HAUS AM MEER

Es gibt ein paar Dinge, die ändern sich nie. Zum Beispiel, dass Frauen ein Haus am Meer wollen. Jede Frau kommt irgendwann damit an: »Weißt du, wovon ich schon lange träume? Von einem Haus am Meer.« Oder direkter: »Ich will endlich mein Haus am Meer – oder können wir uns das auch nicht leisten?«

Elke mag anspruchsvoll sein – etwa wenn es um Schmalenbachs Äußeres geht. Aber den Tick mit dem Haus am Meer hat sie nicht. Schmalenbach bietet ihr eben alles, was sie braucht.

Das Haus am Meer – das ist nur ein Symptom dafür, dass eine Frau ihr Leben nicht gelebt hat. Dass sie unzufrieden ist mit sich und ihrem Ein-Euro-Job, dem übergewichtigen Lebensgefährten und der muffigen Mietwohnung in einem sozialen Brennpunkt der Großstadt. Also baut sie sich eine imaginäre Gegenexistenz auf. Das romantische Haus am Meer eben.

Wenn solche Frauen in die Verlegenheit kämen, ans Meer ziehen zu müssen, würden sie sich wundern. Sagt Pfeifenberger. Dessen Frau Carola träumt auch von einem Haus am Meer.

Aber Pfeifenberger wird ihr das schon austreiben. Indem er ihr vor Augen führt, was das für eine Plackerei ist mit dem Sand, der ständig hereinweht. Alle paar Minuten muss die ganze Bude durchgefegt werden, wenn man nicht als Sanddüne enden will.

»Carola isst nicht mal Meeresfrüchte«, schimpfte er kürzlich. »Jemand, der keine Meeresfrüchte mag, sollte auch nicht am Meer wohnen.«

»Elke mag Meeresfrüchte. Aber sie will trotzdem kein Haus am Meer«, erklärte Schmalenbach abgeklärt. Er war ein bisschen stolz auf seine vernünftige und glückliche Frau.

Pfeifenberger schaute ihn groß an. »Jede Frau will ein Haus am Meer. So wie sie zwei Mal die Woche einen multiplen Orgasmus will und ab und zu eine Flasche Prosecco für achtzehn Euro. Irgendwas muss mit deiner Elke nicht in Ordnung sein, Schmalenbach.«

Pfeifenberger hatte von richtigen Frauen überhaupt keine Ahnung. So wusste er nicht, dass Frauen mit Herz und Verstand es gar nicht nötig hatten, Luftschlösser zu bauen oder multiplen Orgasmen hinterherzujagen, wenn der Mann an ihrer Seite sich für ihren Alltag, ihre Arbeit, ihre Wünsche, Nöte und Sorgen interessierte. Eine solche Frau hatte keine Defizite. Sie brauchte auch kein Haus am Meer. Sie war zufrieden. Was einen multiplen Orgasmus ja nicht ausschloss – aber der musste dann auch nicht gleich zwei Mal die Woche sein.

Carola Pfeifenberger kümmerte sich mehr schlecht als recht um den Pfeifenbergerschen Haushalt, wenn man ihre »Konserven-Wirtschaft« (O-Ton Elke) so bezeichnen konnte, und vernachlässigte nach Lust und Laune die Kinder.

Worüber sollte man mit so jemandem reden? Über Nachmittagstalkshows und die aktuellen Preise für Pediküren?

Bei Elke war das ganz anders. Sie erlebte im Büro tagtäglich menschliche Dramen und Komödien von Shakespeareschem Ausmaß. Darüber konnte man sich stundenlang köstlich mit ihr unterhalten. Für unausgegorene Mädchenträume war gar keine Zeit mehr, wenn man sich so intensiv austauschte wie Schmalenbach und Elke.

»Na, wie war's heute im Büro?«, fragte Schmalenbach wie üblich an diesem Abend.

»Wie soll's gewesen sein? Wie immer.«

»Hast du dich wieder über deine Kolleginnen ärgern müssen?«

»Ich bin doch nicht bescheuert und ärgere mich auch noch über diese intriganten, hysterischen, neidgeplagten Schnepfen. Die können mir gestohlen bleiben.«

Das war genau die richtige Haltung. »Elke, du bist denen sowieso haushoch überlegen. Hauptsache, du hast Freude an deiner Arbeit. Alles andere ist zweitrangig.«

Da kamen Elke die Tränen. »Ich habe die Nase gestrichen voll. Diese blöde Arbeit kotzt mich so an. Alles kotzt mich an.«

Die Arme. Schmalenbach streichelte sie. »Das geht vorbei. Hauptsache, du behältst die Füße auf dem Boden.«

Doch Elke wollte sich nicht trösten lassen. »Und weißt du, was das Schlimmste ist: Du kotzt mich auch an.«

Auch das ging vorbei. Schmalenbach kannte sich damit aus. »Wenn wir beide zusammenhalten, dann kann gar nichts passieren. Du bist ja schließlich nicht Carola Pfeifenberger. Die ist zutiefst unzufrieden und setzt Pfeifenberger ständig mit irgendwelchen Spinnereien zu.«

Wenn man über ihre beste Freundin schimpfte, heiterte das Elke immer auf. »Was für Spinnereien denn?«

»Na ja, sie will zwei Mal die Woche einen multiplen Orgasmus.«

Jetzt musste Elke sogar lachen. »Mit Pfeifenberger? Da muss man als Frau doch dankbar sein für jeden multiplen Orgasmus, der einem erspart bleibt.«

So liebte Schmalenbach seine Elke: rotzfrech und realistisch. »Und denk dir nur: Sie liegt ihm auch in den Ohren: Madame will ein Haus am Meer, ekelt sich aber vor Meeresfrüchten.« Schmalenbach schüttelte sich vor Lachen.

Elke fuhr ihn an: »Was gibt's da zu lachen?«

»Ein Haus am Meer. Stell dir vor, wie Carola, diese Couchpotato, den Sand ausfegen muss, der da reinweht. Es riecht doch am Meer immer nach Meeresfrüchten. Carola spuckt von morgens bis abends Gift und Galle.«

Jetzt brach es aus Elke heraus: »Weißt du was, du Klugscheißer: Ich beneide sie darum. Ich würde liebend gerne den Sand aus meinem Haus am Meer fegen und morgens schon Meeresfrüchte essen. Schmalenbach, warum haben wir eigentlich kein Haus am Meer?«

Da hatten sie den Salat. Hätte er doch nur seinen Mund gehalten. »Elke, damit keine Missverständnisse aufkommen: Auch Pfeifenbergers haben kein Haus am Meer. Carola redet nur unentwegt davon. Pfeifenberger aber denkt nicht im Traum daran, sich wegen so einer Grille elend zu verschulden.«

»Was gehen mich diese bescheuerten Pfeifenbergers an? Ich will jedenfalls ein Haus am Meer. Und zwar schon lange. Ich habe nur meinen Mund gehalten, weil ich dich damit nicht unter Druck setzen wollte. Aber jetzt halte ich es nicht mehr aus. Wenn ich nicht bald mein Haus am Meer bekomme, weiß ich nicht, was geschieht, Schmalenbach! Ich habe das hier alles so satt: Das Nordend, miese Leute wie die Pfeifenbergers, alle diese hohlen Angeber und Windmacher ...«

Schmalenbach flehte sie an: »Aber wir haben doch uns, Elke!«

»... und was glaubst du, wie satt ich dich erst habe? Dich – mit deiner Selbstgenügsamkeit und diesem spießigen kleinen Realismus.« Jetzt äffte sie ihn auch noch nach: »Wir brauchen das nicht und das nicht. Warum sollten wir glücklich sein und das Leben genießen, wir haben doch uns. Ich will endlich ein Haus am Meer, sonst ...«

»Und wie wär's zwei Mal die Woche mit einem multiplen Orgasmus?«

»Mit wem denn? Mit dir? Ich glaube, da wäre es realistischer, auf ein Haus am Meer hin zu arbeiten, Schmalenbach. Unter uns gesagt.«

Das tat weh. Dabei war Schmalenbach sich so sicher gewesen, dass Elke anders war. Was konnte man da tun – wenn nicht mal der Sand in der Bettwäsche sie abschreckte. »Wenn es dir so wichtig ist, kaufen wir eben ein Haus am Meer.«

Vor lauter Glück umarmte und liebkoste sie ihn. »Und wo? An welchem Meer?«

Schmalenbach nahm den Atlas zur Hand. »Die Kanalküste wäre das Nächste.«

»Die ist unromantisch. Alle diese Industrieanlagen in Rotterdam und Dünkirchen.«

Schmalenbach seufzte. »Das Mittelmeer ist weit und wetterabhängig. Die Ostsee ist politisch unsicher.«

»Wenn überhaupt, will ich ein Haus in der Karibik«, entschied Elke.

»Gut. Ich kümmere mich gleich morgen darum«, sagte Schmalenbach und gähnte.

»Aber keine enge Bude, in die man nicht mal Freunde einladen kann.«

»Also etwas Gediegenes mit Pool und eigener Bootsanlegestelle.«

Elke schmiegte sich an Schmalenbach. »Ach, hätte ich nur früher mit dir darüber geredet!«, gurrte sie glücklich. Genau – man musste darüber reden.

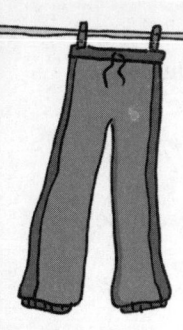

DIE DUFTSPUR

Wie die meisten Frauen verfügt auch Elke über einen stark entwickelten Geruchssinn. Und sie glaubt, weil sie gut riechen kann, würde sie auch gut riechen. Das ist falsch.

Unsere Gesellschaft hat sich in letzter Zeit vor allem geruchsmäßig entwickelt. Während früher nur Prostituierte, Erbtanten und Frisöre sich Mühe mit ihrem olfaktorischen Erscheinungsbild gaben, kämpft heutzutage das ganze Volk um sein Geruchsprofil. So kommt es, dass selbst Waldfacharbeiter einen individuellen Duft haben. Der muss nicht unbedingt waldspezifisch sein. Manche Männer mögen es, nach Vanillepudding zu riechen. Besonders junge Türken haben einen Narren an diesem Duft gefressen. Sie sind es, die das Treppenhaus eines Mehrfamilienhauses für zwölf bis vierundzwanzig Stunden in einen Riesentopf Vanillepudding verwandeln, indem sie morgens um sechs die Werbung in die Briefkästen stecken. Es gibt Almbauern, die nach Meer riechen, und Matrosen, die sich für Alpenveilchen entschieden haben. Umgekehrt haben heutzutage Frauen aus Chefetagen den Mut, sich so zu parfümieren, als hätten sie die Nacht in einem Heuschober verbracht, während arbeitslose Männer, die ihre

Tage in der Eckkneipe verbringen, eine Spur von Gummi-abrieb auf Formel-1-Strecken hinter sich herziehen. Dabei fahren sie nicht mal Fahrrad.

Man kann Elke nicht verübeln, dass sie sich an dieser duftmäßigen Aufrüstung der Nation beteiligt. Sie wäre ja blöd, wenn sie abseits stehen würde, während jede Bäckereifachverkäuferin sich den Odeur von spanischen Stieren leisten und damit ihre weibliche Kundschaft durch unbewusste Prägung an ihre Vierkornbrötchen fesseln kann.

Schmalenbach findet, dass Elke durch die neuen Düfte, die sie jetzt in Flaschen nach Hause bringt, gewinnt. Wer möchte nicht, dass seine Frau, an der früher die Anzahl der am Vorabend gerauchten Zigaretten und die Marke ihres Lieblings-Likörs zu erschnuppern waren, nach Wüsten-sturm oder nach Polarlichtern duftet?

Allerdings hat Schmalenbach den Eindruck, dass über der letzten demokratischen Revolution, die auch Putzfrau-en und ALDI-Kassiererinnen in den Ruch von galaktischen Sex-Abenteuern und der Wall Street kommen lässt, der Sinn für die Dosierung verloren gegangen ist. Er hat Elke zaghaft auf diesen Verdacht hin angesprochen.

»Ja, was glaubst du denn, was da draußen los ist? Wenn du mit einem Hauch von Moschus in die U-Bahn steigst, wirst du von tausend Tonnen von Apfelshampoo und Joop!-Diesel an die Wand gedrückt, dass dir Hören und Sehen vergeht.«

Das verstand Schmalenbach ja, aber musste Elke diese Großoffensive schon in ihrer Wohnung beginnen? Zu Hau-se wurde sie doch von niemandem duftmäßig bedrängt. Schmalenbach verströmte nur seinen natürlichen Duft, und das auch noch sehr dezent. Wenn Elke sich aber zum Ausgehen rüstete, dann roch das Badezimmer wie eine gut geölte Raffinerie und die Küche wie ein arabischer Basar.

Was Schmalenbach am meisten zu schaffen machte: Unter all den Aufputschdüften war die Frau, die er einmal zu der seinen erwählt hatte, völlig verschwunden. Elke roch zwar jeden Tag überraschend neu – einmal nach Finca, ein andermal nach Lama. Aber wie roch sie eigentlich als Mensch?

Im Bett durchlebte Schmalenbach wahre Wechselbäder. Hatte er eben noch geglaubt, eine scheue Taiga-Hirtin zu umarmen, musste er jetzt erschrocken feststellen, dass er gerade dabei war, einen frisch geduschten NASA-Piloten zu penetrieren. Das war nicht immer einfach für einen Mann, der ein wenig Verlässlichkeit und Geborgenheit brauchte, um sexuell auf dem Quivive zu bleiben.

Frauen sind nirgendwo verletzlicher als bei ihrem Duft. Aber Schmalenbach war ja ein Meister der sensiblen Intervention. »Liebes, dein neues Parfüm, das erregt mich unglaublich ...«

»Kein Wunder. Es hat achtzig Euro gekostet und wird aus der Zirbeldrüse von weiblichen tibetanischen Säuglingen hergestellt.«

»Was?!!!«

Sie musterte ihn zufrieden. »Ich wollte nur deine Moral testen. Ich würde nie ein Parfüm benutzen, für das unschuldige Kinder ihr Leben lassen müssen. Natürlich wird ›Rut‹ nicht aus der Zirbeldrüse von Säuglingen hergestellt, sondern aus den Schwanzflossen von freiwilligen einjährigen Pinguinen aus der Arktis.«

»Aber in der Arktis gibt es gar keine Pinguine, Schatz.«

»Siehst du – deshalb ist ›Rut‹ auch so teuer. Sonst würde ja jede Tippse so riechen wollen und die Pinguine wären in Nullkommanix ausgerottet.«

Aber Schmalenbach wollte wissen, wie seine Elke ohne all die fremden Duftstoffe roch. »Weißt du, was mich wirklich anmachen würde? Was mir den Atem stocken lassen würde?«

»Ja. Aber das kommt für mich niemals infrage. Das habe ich dir schon oft gesagt.«

Sie verstand ihn wieder mal falsch. Oder wollte sie ihn falsch verstehen?

»Elke, was würdest du davon halten, einfach mal eine Pause einzulegen? Du könntest doch an einem Tag der Woche auf Parfüm verzichten. Mich stört es nicht, wenn du so riechst, wie du ohne Parfüm riechen würdest.«

»Warum sollte ich das tun? Etwa aus religiösen Gründen?«

»Nein, um wieder einen Sinn für natürlichen Körpergeruch zu bekommen. Umso intensiver erlebt man danach die feinen Düfte aus der Parfümerie. Du weißt ja, wie das beim Fasten ist: Im Grunde schärft man damit sein Lustempfinden.«

Doch Elke blieb skeptisch. »Hat dir das dieser Pfeifenberger eingeredet? Braucht ihr diesen Kick? Ist das das Letzte, was einen, der schon alles ausprobiert hat, noch erregt?«

Schmalenbach blieb nichts anderes übrig: Er musste Klartext reden. »Ich kann die künstlichen Aromen nicht mehr ertragen, Elke. Ich möchte wieder eine Frau im Arm halten, die so riecht, wie sie eben riecht.«

Elke brauchte eine Weile, um das zu verdauen. »Du verlangst allerhand von mir, das weißt du, oder?« Schmalenbach hatte sie wieder mal maßlos enttäuscht. Aber da musste er durch.

»Ich tue es um unserer Liebe willen«, gestand er.

Da gab Elke nach. Sie wollte einen Tag lang auf alle Duftstoffe verzichten. Schmalenbach war glücklich. Er umarmte sie – und stellte dabei fest, dass sie diesmal nach Tannenzapfen und Anisplätzchen roch. Im Frühjahr.

Das Erste, was Schmalenbach am nächsten Morgen wahrnahm, war nicht wie sonst eine Blümchenwiese in der Mongolei, sondern – Kaffeeduft. Er fühlte sich wie ein neuer Mensch.

Als Elke aus dem Bad kam, schnupperte er erwartungsvoll. Kein Auerochsensekret und keine Ferrari-Abgase. Elke roch betörend nach ... Nach was eigentlich? Schmalenbach pirschte sich an sie heran. Er suchte nach Bettmief oder wenigstens nach Schweiß. Doch nichts dergleichen. Schmalenbach wurde panisch. Er schnupperte an ihrem Hals, ihren Achseln, an ihrem Unterleib. Nichts. Elke roch nicht. Es war gespenstisch.

»Und? Wie isses?«, fragte sie mit einem verführerischen Augenaufschlag.

»Ungewohnt«, hauchte Schmalenbach. Es war ihm schwindelig geworden. Er teilte das Bett mit einem Astralleib. Noch nie war ihm seine Frau so fremd wie jetzt.

»Wir wollen es nicht übertreiben«, erklärte er. »Du kannst dich jetzt wieder parfümieren.«

»Irgendwie habe ich mich an meinen Eigenduft gewöhnt.« Sie rieb sich selbstverliebt über den Unterarm. »Und meine Haut ist viel weniger gereizt.« Und dann kam es: »Ich glaube, ich verzichte in Zukunft auf Parfüm. So magst du mich auch viel lieber, stimmt's?«

Schmalenbach flüchtete. Er konnte erst wieder richtig atmen, als er in einen anfahrenden Bus stieg und tief inhalierte: Apfelshampoo, Currypuder, Bundesligaschweiß und Original-Smog aus Hollywood. Das Leben hatte ihn wieder.

ELKE VERSTEHT DAS

Schmalenbach ahnte nichts Gutes, als Pfeifenberger ihn beiseite nahm. »Dir kann ich es ja sagen: Sexuell bin ich mit Carola an gewisse Grenzen gestoßen.«

Diese Grenzen hätte Schmalenbach an Pfeifenbergers Stelle schon vor zwanzig Jahren erreicht – aber dazu schwieg er besser.

»Wir haben wahrlich nichts ausgelassen.« Pfeifenbergers Antlitz nahm einen entrückten Glanz an. »Sogar sadomasochistische Praktiken haben wir ausprobiert.«

Das überraschte Schmalenbach, obwohl er aus bitterer Erfahrung wusste, wozu Pfeifenberger fähig war. »Du hast Carola geschlagen?«

»Nein. Das hat sie aus Gründen der Emanzipation abgelehnt.«

Immerhin. Auch bei den Pfeifenbergers gab es Tabus – beruhigend zu wissen.

»Carola hat mich geschlagen. Es war eine unglaubliche Erfahrung. Aber wir haben schon nach wenigen Minuten damit aufgehört.«

»Warum denn – wenn es so aufregend war?«, fragte Schmalenbach.

»Erstens: Es tat höllisch weh. Zweitens: Die Kinder wurden wach.«

Wem der Mumm dafür fehlte, der sollte sich nicht an gewagten Praktiken versuchen. Elke war da anders als Carola: Bei ihnen zu Hause schliefen keine Kinder.

»Aber auch Rollenspiele haben nichts gebracht. Sexuell ist unsere Beziehung eben ausgereizt.« Also war der ganze Sermon nur eine komplizierte Vorbereitung darauf, dass Pfeifenberger sich wieder außerehelich betätigen wollte. Das hätte er dem Freund auch einfacher sagen können. Schmalenbach war doch kein Spießer.

»Aber ich kämpfe um meine Carola. Deshalb habe ich mich entschlossen, unserer Sexualität einen neuen Drall zu geben. Ich werde einen Kerl suchen, der mit Carola Sex hat. In meinem Beisein. Sicher hast du davon gehört. Kommt aus Amerika. Dort tun es bereits alle. Und der Erfolg ist verblüffend. Die eigene Frau mit einem anderen im Bett zu erleben, ist zwar nicht einfach – wie du dir vielleicht vorstellen kannst. Aber es weckt auch ganz neue Begierden im Mann. Die Liebste in den Armen eines anderen Kerls – das krempelt einen völlig um. Was ist: Kannst du dir vorstellen, mir diesen kleinen Gefallen zu tun, Schmalenbach?«

Nun, Schmalenbach war doch ein Spießer – und was für einer. »Findest du nicht, wir beide – und in gewissem Sinn auch deine Carola – sind zu alt für solche Spielchen?«

Pfeifenberger lachte auf. »Man ist nie zu alt für neue Erfahrungen.«

Der hatte ja auch gut reden. Er musste nur dabeisitzen – wie Schmalenbach ihn kannte: mit einer Flasche Bier in der Hand – und zuschauen. Zuschauen, wie Schmalenbach ... wie Schmalenbach mit Carola Pfeifenberger ... Das musste man sich mal vorstellen!

»Ich hätte auch kein gutes Gefühl Elke gegenüber«, gab Schmalenbach zu.

»Denk an deinen Lustgewinn! Du hast die einmalige Gelegenheit, mit einer Klassefrau Sex zu machen, Schmalenbach.«

Darüber gingen die Meinungen naturgemäß auseinander. Aber Pfeifenberger konnte ja nichts für das Aussehen seiner Carola. »Dein Angebot ist verlockend. Die Sache hat nur einen winzigen Haken: Ich bin es nicht gewöhnt, Sex im Beisein meines Freundes zu haben.«

Pfeifenberger musterte ihn nachdenklich. »Verstehe: Du hast Angst zu versagen. Dich vor mir zu blamieren.«

Von wegen. Mit Carola Pfeifenberger konnte es Schmalenbach allemal aufnehmen – auch auf der Bühne der Alten Oper, bei vollbesetztem Haus. Aber das musste man Pfeifenberger ja nicht so direkt sagen. »Ja, ich würde dem Druck nicht standhalten«, log Schmalenbach.

Pfeifenberger wirkte etwas enttäuscht. »Dann muss ich halt die zweite Wahl nehmen. Ich rufe gleich Manderscheid an.«

»Manderscheid?!«

»Hast du was dagegen?«

»Manderscheid lebt mit einem Mann zusammen.«

»Na und? Er zeigt trotzdem Interesse an attraktiven Damen.«

Schmalenbach hielt das nicht für eine gute Idee. »Ob du da Carola nicht zu viel zumutest. Mit Manderscheid. Womöglich hat er nur Augen für dich – und lässt die nackte Carola links liegen.«

Darüber kam Pfeifenberger ins Grübeln. Schließlich hakte er auch Manderscheid ab.

»Warum fragst du nicht einen von Elviras Freunden aus dem Motorrad-Club? Diese Burschen fackeln nicht lange und sehen auch noch verwegen aus. Das wäre doch was für Carola, oder?«

»Fremde kommen mir nicht ins Haus. Vor allem nicht, wenn sie vorbestraft sind. Carola ist da sehr sensibel.«

Irgendwie stand Pfeifenberger sich bei der Verwirklichung seines mutigen Planes selbst im Wege. »Dann frag doch deinen Freund, den Kulturdezernenten! Der ist ganz sicher nicht vorbestraft, und er hat den Nimbus der Macht. Das wirkt auf Frauen ungemein erregend. Zudem würdest du ihn damit noch enger an dich binden.«

Doch auch mit dieser Lösung konnte Pfeifenberger sich nicht anfreunden. »Diese Intellektuellen sind in sexueller Hinsicht völlig unberechenbar. Nachher endet das Ganze in einer Diskussion über das Subventionstheater. Du weißt, wie reaktionär Carola sich äußern kann, wenn es um Kultur geht.«

»Da bleibt nicht mehr viel«, sagte Schmalenbach. »Wir haben sie alle durch.«

Pfeifenberger hatte eine Eingebung. »Falsch. Einer bleibt noch: Germersheimer!«

Das verstand Schmalenbach nun überhaupt nicht. »Diese Schlaftablette? Der redet doch nur über sich und seine ungedruckten Manuskripte. Was meinst du, warum seine Frau ihn verlassen hat?«

»Trotzdem. Germersheimer ist genau richtig. Carola hat ein Faible für ihn. Und er hat schon seit Jahren keine Frau mehr gehabt. Der Typ ist geladen wie eine Feldhaubitze.«

Pfeifenberger klatschte in die Hände. »Das wird ein Knaller.«

Dem konnte Schmalenbach überhaupt nicht folgen. Germersheimer sublimierte doch schon lange seine Libido in unlesbaren Romanen aus dem Dreißigjährigen Krieg. Er würde im Bett von Carola Pfeifenberger sicher eine lächerliche Figur abgeben.

Aber vielleicht wollte Pfeifenberger genau das? Vielleicht dachte er gar nicht an den großen Kick für seine Carola und für sich. Vielleicht wollte er Carola mit Bedacht einen Versager zuführen, um selbst in die Bresche springen zu können und vor seiner Frau als Superman dazustehen. Genau. Deshalb hatte er auch alle Vorschläge Schmalenbachs abgelehnt.

Der arme Germersheimer. So verheizt zu werden für das kranke Pfeifenbergersche Ego.

»Du, ich hab's mir anders überlegt: Wir sind Freunde, und ich will dir helfen. Du kannst auf mich zählen: Ich werde es deiner Carola besorgen, Pfeifenberger!«

»Aber du hattest doch Bedenken wegen Elke ...«

»Ich tu's ja für einen guten Zweck. Elke versteht das.«

Doch Pfeifenberger hatte seine Wahl bereits getroffen. »So hart das auch klingt: Germersheimer ist jünger als du.«

»Ich bitte dich: Ein halbes Jahr! Dafür habe ich mehr Erfahrung.«

»Ich fürchte, Carola steht eher auf Germersheimer als auf dich. Nimm das bitte nicht persönlich!«

Das war allerdings die Höhe. Dieser Pfeifenberger nutzte seine Position schamlos aus. »Carola ist im Bett Höchstleistungen gewöhnt. Schmalenbach, ist dir das klar?«

Pfeifenberger lauerte. Doch Schmalenbach tat ihm nicht den Gefallen, sich auf würdelose Weise selbst anzupreisen. »Dann nimm halt Germersheimer. Der schwärmt doch für mütterliche Frauen.«

Pfeifenberger fiel aus allen Wolken. »Mütterlich? Carola ist pures Dynamit.«

»Ich kann mir gut vorstellen, was Germersheimer von ihr verlangt: Dass sie ihm einen Griesbrei kocht.«

»Das ist ja widerlich. Die kleine Ratte darf Carola nicht mal von Weitem anschauen«, schimpfte Pfeifenberger.

»Und was ist nun mit Sex?«, fragte Schmalenbach.

Pfeifenberger seufzte. »Du siehst doch selbst: Es findet sich keiner, den ich meiner Carola zumuten kann.«

SALZ AUF UNSERER HAUT

Manchmal überkommt Schmalenbach die Lust. Die Lust auf ein Buch. Auf ein bestimmtes Buch. Er muss dann dieses Buch auf der Stelle haben. Haben und lesen. Es ist furchtbar. Eine Obsession. Vielleicht seine einzige wirkliche Obsession.

Elke versteht das. Elke versteht alles. Oder sagen wir: Fast alles.

»Du bist eben ein Bücherwurm. Die sind so«, sagt sie oft mit Nachsicht.

Schmalenbach dankt dem Schicksal auf Knien, dass er eine solche Frau hat. Eine Frau, die seine Leidenschaft für Bücher versteht. Nicht, dass sie sie teilt. Das wäre zu viel verlangt. Aber sie versteht sie eben.

»Warum nimmst du dir nicht mal ›Salz auf unserer Haut‹ vor?«, fragte Elke kürzlich. »Du wirst sehen: Nachher fühlst du dich viel besser. Das Buch liegt neben meinem Bett. Ich leihe es dir aus. Ausnahmsweise. Und auch nur für zwei oder drei Tage. Länger kann ich ›Salz auf unserer Haut‹ nicht entbehren.«

»Salz auf unserer Haut« war Elkes Lieblingsbuch. Sie las es immer wieder.

Schmalenbach fand das Buch etwas überbewertet – zwei Menschen konnten nicht zueinander finden, weil sie aus unterschiedlichen Milieus stammten, sahen sich aber alle paar Jahre und hatten dann Sex miteinander. Und? Da war ja Peter Handke aufregender.

»Ich muss jetzt ›Moby Dick‹ lesen«, erklärte Schmalenbach kategorisch. »Sofort. Wenn ich das nicht tue, kann ich nicht weiterleben.«

Elke strahlte ihn an. »Schön, diese Leidenschaft für die Literatur. Die meisten Männer lesen überhaupt nicht mehr. Der Mann meiner Freundin Erika zum Beispiel hat schon seit seinem Abitur kein Buch mehr angefasst.«

Ja, das gab es. Zum Glück lasen die Frauen tapfer weiter. Ohne Elke und ihre Geschlechtsgenossinnen wäre das Kulturgut Buch längst in einer Vitrine im Völkerkundemuseum gelandet.

»Aber weißt du, was wirklich verrückt ist?«, fragte Elke. »Eberhard spricht unentwegt über Bücher.«

»Wer ist Eberhard?«

»Eberhard! Der Freund von Erika. Der Mann, der nicht liest.«

»Und der redet unentwegt über Bücher?«

»Genau. Er kennt alle Neuerscheinungen und vergibt sogar Noten. Ziemlich selbstherrlich. Erika sagt, er ist mit dieser Masche auf jeder Party sofort die Attraktion – es gibt ja kaum noch Männer, die lesen.«

So weit war es also schon gekommen mit diesem Land der Dichter und Denker. Da schwang sich ein gewisser Eberhard auf Partys zum Westentaschen-Reich-Ranicki auf – und alle Welt feierte ihn für diese Hybris. »Ich denke, Eberhard liest keine Bücher.«

»Tut er auch nicht. Erika liest.«

»Und wie kann er sich dann als Großkritiker aufspielen?«

»Ganz einfach: Erika liest für ihn.«

Was es nicht alles gab. »Ich dachte, sie arbeitet im Einwohnermeldeamt.«

»Ja, sie war dort sogar mal die Sachbearbeiterin des Monats. Aber in ihrer Freizeit liest sie leidenschaftlich gerne. Wie du. Eigentlich liest Erika auch während ihrer Arbeitszeit. Aber das darf keiner wissen. Du behältst es doch für dich?«

Natürlich tat Schmalenbach das. Diese Erika war, was Bücher betraf, eine Schwester im Geiste. Einer solchen Frau legte Schmalenbach keine Steine in den Weg – auch wenn er es in Anbetracht der schwierigen Finanzsituation der öffentlichen Hand schon etwas problematisch fand, dass die Mitarbeiter der kommunalen Betriebe in ihrer Arbeitszeit schmökerten. Aber in diesem Falle stellte Schmalenbach die Liebe zur Literatur über das Wohl der Staatsfinanzen. Schließlich handelte es sich bei dieser Erika ja auch um eine Freundin von Elke.

»Und alles, was Erika liest, berichtet sie abends im Bett ihrem Eberhard. Der mag vielleicht so tun, als wäre er nur an ihrem nicht mehr so ganz makellosen Körper interessiert – aber mir kann der Kerl nichts vormachen. Er ist nicht bei der Sache. Was ihn mehr beschäftigt als der etwas massige Busen meiner Freundin, sind deren Lesefrüchte. Der Kerl speichert alles in seinem Hirn – kein Wunder, wenn er nicht liest, ist da oben ja auch genug Speicherplatz frei. Und bei nächster Gelegenheit wird das dann vor großem Publikum abgespult. Das ist das Geheimnis des Großkritikers Eberhard. Und weißt du was, Schmalenbach: So wie dieser Eberhard machen es viele Männer.«

Schmalenbach glaubte Elke. Er kannte ja seine Pappenheimer. Der Cartoonist Pfeifenberger machte es nicht anders als dieser Eberhard – nur dass dessen Frau Carola über Charlotte Roche und Eckart von Hirschhausen nicht hinauskam.

Da hatten Schmalenbach und Elke ein ganz anderes, ein literarisch geradezu symbiotisches Verhältnis. Deshalb wagte es Schmalenbach, mit seinen Anfällen von Büchersucht zu Elke zu gehen. Wie jetzt – im Falle von »Moby Dick«. Dazu gehörte eben Vertrauen.

»Lies du ruhig dein Buch! Ich kümmere mich inzwischen um unser Essen«, sagte sie milde. Ja, das war schon ein großes Glück, mit einer solchen Frau zusammen zu sein.

Schmalenbach brauchte zwei Stunden. Dann war klar: »Moby Dick« war nicht mehr da.

Er hatte alle Regale durchgesehen und sogar hinter die Bücher geschaut. Dabei waren erstaunliche Dinge aufgetaucht: Etwa eine Einladung nach Darmstadt zur Büchnerpreisverleihung aus dem Jahr 1991. Allerdings trug sie nicht seinen Namen, sondern den Pfeifenbergers. Diese literaturhistorische Rarität musste mit ihrer gemeinsamen Freundin, der Bodybuilderin aus Darmstadt, zu tun haben, die mal kurz mit Peter Handke liiert gewesen war – oder war es Rolf Hochhuth?

Dann stieß Schmalenbach auf Bücher, die er lange vermisst hatte. »Erinnerungen an die Zukunft« und »Morgens um sieben ist die Welt noch in Ordnung«.

Nur »Moby Dick« fand sich nicht. Nicht einmal in der zweiten Reihe.

Wenn Schmalenbach als Mensch, als Leser und als Mann weiterkommen wollte, musste er sofort dieses Buch lesen. Es wurde zu einem Zwang, zu einer Manie, zu seinem Karma: Ohne »Moby Dick« würde er nicht mehr über Literatur, über das Leben, über den Tod nachdenken und reden können. Ohne »Moby Dick« würde er diesen Tag nicht überstehen.

Schmalenbach nahm den Kampf auf. Den Kampf um das Buch, das ihn retten sollte vor dem Nichts.

»Elke!«

»Jaaaa, mein Schatz.«

»Hast du zufällig ›Moby Dick‹ aus dem Regal genommen?«

»Ich?«

»Könnte doch sein, oder? Manchmal nimmst du dir doch ein Buch und liest dich fest.«

»Aber doch nicht ...« Elke verzog das Gesicht. »... nicht ›Moby Dick‹. Ein Buch über einen Walfisch und einen einbeinigen Kapitän. Du weißt doch: Ich bevorzuge sensible Beziehungsgeschichten. So wie ›Salz auf unserer Haut‹.«

Es gab nur eine Erklärung: Elke hatte »Moby Dick« verliehen. An ihre Freundin Erika. Diese Frau schien ja eine Bücherfresserin zu sein. Was in Ordnung war – nur in diesem Fall musste Schmalenbach auf seine Eigentumsrechte bestehen. Schließlich ging es um »Moby Dick« und Melville. Das war kein pausbäckiger Gewinner irgendeines Poetry-Slam-Wettbewerbes. Das war Weltliteratur.

»Ganz sicher nicht«, sagte Elke. »Erika isst keinen Fisch.«

»Was hat denn das damit zu tun? Sie will das Buch ja nicht essen, sie will es lesen.«

»Trotzdem. ›Moby Dick‹ passt nicht zu meiner Freundin Erika. Sie hat sich bei Greenpeace engagiert. Glaubst du, da liest sie ein Buch, in dem ein Walfänger verherrlicht wird?«

Schmalenbach hatte den Eindruck, dass seine Elke sich keine besonders große Mühe gab, das Verschwinden des Buches aufzuklären. Dabei musste man befürchten, dass sie seinen »Moby Dick« gedankenlos an ihre Freundin verliehen hatte und diese das Meisterwerk nun verschlang als sei es das letzte Werk von Judith Hermann oder ein neu entdeckter Thriller von Stieg Larsson.

Dass Erika seinen »Moby Dick« las – das war ja noch zu verkraften. Aber dass ihr Lebensgefährte, dieser windige Eberhard, sich mit Erikas Leseeindruck aus Schmalenbachs Liebhaberausgabe dann beim nächsten Empfang des Kulturdezernenten dicke tat, das wurmte Schmalenbach sehr.

Er ging in die Küche. »Würde es dir etwas ausmachen, deine Freundin Erika anzurufen und sie zu bitten, mir umgehend meinen ›Moby Dick‹ zurückzugeben?«

Elke war gerade dabei, die Gorgonzola-Soße für die Nudeln anzurühren. Das erforderte nicht nur ungewöhnliches Geschick, sondern auch Sinn für Timing. Deshalb fiel ihre Antwort auch lakonisch aus: »Lies doch ›Salz auf unserer Haut‹!«

Dabei hätte Elke wissen müssen, dass dieser Klassiker der sensiblen Frauenliteratur bei Schmalenbach ganz irrationale Abwehrmechanismen hervorrief.

»Ich will aber ›Moby Dick‹ lesen!«

»Deck schon mal den Tisch! Es gibt gleich zu essen.«

Doch Schmalenbach wollte lesen und nicht essen.

»Die Nudeln sind schon fast zu weich«, gab Elke bekannt. »Also beeil dich!«

»Erst meinen ›Moby Dick‹!«

Elke war nicht sehr kompromissbereit, wenn es um ihre Gorgonzolasoße ging. »Erst wird gegessen, dann kümmern wir uns um deinen Walfisch!«, sagte sie und brachte die Nudeln auf den Tisch.

Schmalenbach lief das Wasser im Munde zusammen. Aber er wusste, was er sich schuldig war. Sich und Melville und der Weltliteratur.

»Wenn du deine Freundin Erika nicht anrufen willst, dann tue ich das eben!«, erklärte er schnaubend und ging zum Telefon.

Eine unfreundliche Männerstimme meldete sich. »Was gibt's?«

»Kann ich bitte mit Erika sprechen?«

»Hier gibt's keine Erika.«

Aha, dachte Schmalenbach, wer so unfreundlich ans Telefon geht, der hat ein schlechtes Gewissen.

»Es geht um das Buch, das Erika bei Elke ausgeliehen hat. Elke ist meine ...«

»Elke? Ist das nicht die, die mit diesem bescheuerten Typen zusammen ist? Ich lache mich jedes Mal schief, wenn Erika von dieser Elke und ihrem Spinner erzählt.«

Ein schwieriger Fall – dieser Eberhard. »Vielleicht liegt der Band ja irgendwo bei Ihnen rum ... ›Moby Dick‹ von Herman Melville.«

»Hier liegt kein Buch rum. Hier wird täglich aufgeräumt. Zumindest war das so, so lange diese Nervensäge hier gewohnt hat.«

»Möglicherweise hat Erika mein Buch bei ihrem Auszug ja mitgenommen ...«

Eberhard überlegte. »Sie hat die Katze mitgenommen und ihre schwarze Unterwäsche. Den Rest habe ich sichergestellt.«

»Und da ist kein Buch dabei? ›Moby Dick‹?«

»Wie sieht dieses Buch aus? Was ist vorne drauf?«

Na also, unter Männern musste man nur Klartext reden.

»Ein Walfisch ... wie er gerade bläst.«

»Wie er was?«

»Er stößt eine Fontäne aus.«

»Ist nicht wahr. Und worum geht es in diesem ...«

»›Moby Dick‹? Um einen Walfänger-Kapitän mit Namen Ahab. Er hat ein Bein auf dem Meer verloren und verfolgt nun verbissen einen weißen Wal, den er für sein Ungemach verantwortlich macht. Ein Kampf auf Leben und Tod vor dem Hintergrund der übermächtigen Natur. Mann gegen Wildnis sozusagen. Aber ich komme gerade ins Schwärmen ...«

»Reden Sie weiter! Nur weiter!«

»›Ich würde auch nach der Sonne schlagen, wenn sie mich beleidigt.‹ So lautet ein bekannter Ausspruch von Ahab. Ein packendes Buch. Vielleicht eines der letzten großen Werke für den männlichen Leser. Für den echten Mann. Und dabei nicht plump aktionistisch. Eine sehr raffinierte, intellektuell höchst anspruchsvolle Saga über das alte Thema ...«

»Welche Note?«

»Was?«

»Welche Note würden Sie dem Buch geben? Auf einer Skala von Eins bis Sechs.«

Obwohl Schmalenbach solche Kategorisierungen in der Literatur strikt ablehnte, sagte er entschlossen: »Eins plus.«

Eberhard war begeistert. »Und es ist ein Bestseller?«

Jetzt verstand Schmalenbach, wie der Hase lief. Dieser literarische Schmarotzer wollte mit seiner Kurzkritik auf der nächsten Party glänzen.

»Unter den aktuellen Neuerscheinungen steht ›Moby Dick‹ ganz oben.«

Eberhard hatte genug gehört. »Sollte das Buch auftauchen, schicke ich Ihnen eine Mail.« Dabei hatte er nicht mal Schmalenbachs Mailadresse.

»Grüßen Sie Erika von mir!«, sagte Schmalenbach noch. Doch Eberhard hatte schon aufgelegt.

Elke räumte gerade ab. Sie war sauer. »Gorgonzolasoße schmeckt nur, solange sie noch heiß ist«, fauchte sie.

Schmalenbach hatte wieder bessere Laune – wenn dieser Eberhard beim nächsten Cocktailempfang mit Melvilles jüngstem Roman zu glänzen versuchte, würde er sich eine blutige Nase holen: »Moby Dick« war mittlerweile über 150 Jahre alt, und Eberhard behandelte das Buch wie eine Neuerscheinung. Ein feiner Kritikerpapst.

»Dann nehme ich mir jetzt mal dein ›Salz auf unserer Haut‹ vor«, sagte Schmalenbach und ging ins Schlafzimmer.

Doch Elke war ihm zuvorgekommen. Sie saß bereits über der Lektüre ihres Lieblingsbuches.

»Und?«, fragte Schmalenbach aufgeräumt.

»Was und?«

»Ist es gut?«

»Was?«

»Dein Buch.«

Elke klappte »Salz auf unserer Haut« zu. »Ich lese dieses Buch mindestens jedes Jahr einmal. Meinst du im Ernst, da weiß ich nicht, ob es gut oder schlecht ist?«

Schmalenbach hatte Elke nur etwas aufmuntern wollen – aber daran war wohl nicht zu denken.

»Ich wollte von dir bloß hören, ob sich dein Eindruck verändert hat.«

»Zwei Menschen können nicht zueinanderfinden, weil sie aus unterschiedlichen Milieus stammen, sehen sich aber alle paar Jahre und haben dann Sex miteinander. Und? Reicht dir das?«

Schmalenbach war sauer. »Du tust ja gerade so, als ob ich ...«

»Genau wie dieser Eberhard. Der lässt auch seine Freundin Erika für sich lesen, damit er dann nachher mit ihren Einsichten glänzen kann.«

Das war ja unglaublich. Schmalenbach hatte es doch nicht nötig, mit Elkes »Salz auf unserer Haut« hausieren zu gehen. Er hatte seine eigenen Bücher. »Moby Dick« zum Beispiel.

»Du bist nicht besser als dieser Angeber Eberhard. Meine Freundin Erika sagt ...«

Da spürte Schmalenbach das Böse. Es stach ihm mitten ins Herz. »Übrigens deine Freundin, diese Erika, ihr Eberhard – er hat sie rausgeschmissen. Sie war ihm zu belesen. Er sagt, er braucht jetzt so ein richtiges *material girl*. Keine Brillenschlangen mehr, sagt Eberhard.«

Das war gemein. Zumal Erika aus freien Stücken bei ihrem Eberhard ausgezogen war.

Doch bei Elke tat die Gemeinheit ihre Wirkung. »Ihr Kerle seid aber auch zu blöd!«, schimpfte sie.

Schmalenbach hatte sofort ein schlechtes Gewissen. »Ich mag Gorgonzolasoße auch kalt.«

»Lass mich in Ruhe!«, fauchte Elke und schlug »Salz auf unserer Haut« wieder auf.

»Aber ...«

»Höre endlich damit auf, Soßen zu naschen, wenn der Tisch längst abgeräumt ist! Du bist schon fett genug.«

DIE SPIRALE

Elke hatte genug. »Ich nehme keine Pille mehr. Irgendwann ist Schluss mit der Chemie. Meine Gesundheit ist mir wichtiger als dein Vergnügen.«

Schmalenbach war der Letzte, der sich solch grundsätzlichen Argumenten verschlossen hätte. Schließlich trugen die Frauen die Hauptlast der Verhütung. Auch in ihrer Beziehung. Aber das hatte Elke selbst so gewollt. Vor langer, langer Zeit hatte sie sich für sichere Verhältnisse entschieden.

»Wie du willst«, sagte Schmalenbach. »Ich werde mich also auf dem Markt umsehen – was es mittlerweile an probaten Mitteln gibt.«

»Wer weiß, womit du ankommst. Mit asiatischen Tinkturen. Oder mit dem Fieberthermometer ...«

»Pfeifenberger ist sehr zufrieden mit dieser natürlichen und ehrlichen Methode.«

Elke wurde wütend. Warum musste sie bei diesem Thema immer gleich so wütend werden? »Ich weiß nicht, was dein feiner Freund dir erzählt hat. Aber seine Frau Carola hat sich nach dem sechsten Kind aus nahe liegenden Gründen sterilisieren lassen.«

Davon hatte Pfeifenberger nichts erwähnt. Warum wohl? Vielleicht hatte Carola ihm den Eingriff verschwiegen. Aus Rücksicht auf seine Gefühle als Mann.

»Ich habe mich jedenfalls dazu entschlossen, einen radikalen Schritt zu machen«, erklärte Elke. »Zumal ich mehr oder weniger allein auf mich gestellt bin.«

Das war jetzt gemein. Schmalenbach hatte sogar mal kurz daran gedacht, sich sterilisieren zu lassen. Welcher Mann tat das heutzutage noch – wo die meisten alle Hände voll damit zu tun hatten, die Sterilisierung, die sie in ihrer Sturm-und-Drang-Phase hatten vornehmen lassen, auf Drängen ihrer Partnerinnen rückgängig zu machen? Schmalenbach hatte nie Hand an sich legen lassen – auch nicht, als es zum guten Ton gehört hatte. Deshalb war er auch heute noch zeugungsfähig. Wenn Elke sich in den letzten Jahren anders besonnen hätte und doch noch ein Kind hätte haben wollen, wäre er dazu in der Lage gewesen.

Jetzt war es zu spät. Für Elke jedenfalls. Für ihn nicht. Aber das musste er ihr ja nicht auf die Nase binden, wo sie sich um diese Dinge gerade so ernste Gedanken machte.

»Da ich auf der Zielgeraden kein Risiko mehr eingehen will, werde ich mir also eine Spirale einsetzen lassen. Bist du damit einverstanden, Schmalenbach?«, fragte Elke.

Und ob er das war. Halleluja! Eine Spirale – das hieß, dass er sich um gar nichts mehr sorgen musste. Das war fast noch besser als die Pille. Und er hatte schon das Schlimmste befürchtet. Irgendwie hatte er sich diese Spirale aber auch verdient, fand Schmalenbach – wo er doch immer so umsichtig gewesen war.

»So eine Spirale, das ist ein Eingriff in deinen Körper«,

sagte er gütig. »Was ist, wenn du sie nicht verträgst? Wenn dein Organismus sie abstößt? Oder wenn sie zwickt?«

Sie tätschelte seine Hand. »Keine Angst, mein Schatz. Das bekommen wir schon hin. Ich bin ja nicht aus Zucker. Im Übrigen gibt es mittlerweile High-Tech-Spiralen, die passen sich den Gegebenheiten des jeweiligen Körpers an.«

»Trotzdem – ein bisschen sorge ich mich um dich.«

»Hast du eine andere Idee? Du kannst dich ja sterilisieren lassen.«

Schmalenbach schoss das Blut in den Kopf. Dass Frauen immer alles so wörtlich nehmen mussten. Er beschloss angesichts dieser Zumutung, gekränkt zu tun.

»Na also«, sagte sie schließlich. »Bleibt also die Spirale. Oder?!«

Schmalenbach seufzte. »Lass uns noch eine Nacht darüber schlafen.«

In Wahrheit musste er diese wichtige Angelegenheit mit seinem Freund Pfeifenberger besprechen. »Zwischen mir und Elke herrscht ein tiefes Einverständnis. Natürlich werde ich ihr die Spirale spendieren. Ich habe ja auch was davon.«

Pfeifenberger schaute sehr skeptisch. »Wenn du unbedingt den Krösus spielen willst. Ich finde, heutzutage sollte man den Frauen auch finanziell mehr Eigenverantwortung zugestehen.«

Pfeifenberger hatte gut reden: Seine Carola war sterilisiert.

»Ich denke da partnerschaftlich. Elke unterzieht sich dem Eingriff – und ich zahle. So sind die Lasten zumindest ansatzweise gleich verteilt.«

»Und was ist, wenn sie dich betrügt?«, fragte Pfeifenberger. »Mit deiner Spirale!«

Auf diesen schrecklichen Gedanken wäre Schmalenbach allein gar nicht gekommen – da sah man mal wieder, wozu man Freunde hatte. »Elke würde so etwas nicht tun – zumindest nicht, wenn ich ihr die Spirale bezahlt habe.«

»Meinst du, sie nimmt sie beim Fremdgehen raus?«

Dieser Pfeifenberger war keine große Hilfe. Warum musste er immer den Teufel an die Wand malen? Dabei gab Schmalenbach sich solche Mühe, Elke ein fairer Partner und insgesamt ein guter Mensch zu sein. Nein, diesmal würde er sich durch seinen verdorbenen Freund nicht vom Virus des Misstrauens und der Kleinlichkeit anstecken lassen.

Er würde großzügig sein und tolerant. Er würde Elke die Spirale bezahlen. Und wie er seine Frau kannte, würde die sich dieser prekären Investition als würdig erweisen und niemals einen anderen Mann in den Genuss von Schmalenbachs Spirale kommen lassen.

»Du wirst schon sehen, wo du bleibst mit deiner Anbiederei. Du findest doch keinen Schlaf mehr, wenn Elke unter Leute geht – mit deiner Spirale.«

Sollte Pfeifenberger reden. Schmalenbach blieb sich selbst treu. Das hieß für ihn: Vertrauen, Fairness und Großzügigkeit.

Beim Frühstück machte er Elke mit seiner Position vertraut. »Du, ich habe mir das mit der Spirale noch mal überlegt. Wahrscheinlich hast du recht: Das wäre für alle Beteiligten die beste Lösung.«

Elke schmierte sich ein Brötchen. Irgendwie wirkte sie desinteressiert – obwohl der Moment doch feierlich war:

Schmalenbach übernahm schließlich alle Kosten: »Da du aus biologischen Gründen die Hauptlast dieser Verhütungsmethode zu tragen hast, habe ich mich dazu entschlossen, dir die Spirale zu bezahlen.«

Sie ließ das Messer fallen und schaute ihn mit offenem Mund an. »Das würdest du tun, Schmalenbach?«

»Das bin ich mir als Mann schuldig.«

Elke biss in ihr Brötchen und sagte dann mit vollem Mund: »Wir können uns die Kosten ja teilen.«

Das war nett von ihr, aber wenn Schmalenbach sich zu einem selbstlosen Angebot durchgerungen hatte, ließ er sich zu keinem Kompromiss überreden: »Nein, ich möchte die Spirale allein bezahlen. Zumal ich es mir eher leisten kann als du.«

Elke kaute zu Ende und legte ihr Brötchen weg. »Ich hätte kein gutes Gefühl dabei, Schmalenbach. Bleiben wir bei Fifty-fifty!«

Warum stieß sie ihn so vor den Kopf? Anderen Männern war es egal, wie ihre Frauen verhüteten. »Ich bestehe aber darauf.«

»Dann erst recht nicht«, sagte Elke

Aha, so sah die Sache also aus. »Kann es sein, dass du mit unserer Spirale noch anderes vorhast, außer Sex mit mir zu haben?«

Elke schaute ihn verständnislos an.

»Und dabei würde dich der Gedanke hindern, dass ich dir den Einbau finanziert habe.«

Elke brauchte eine Weile. »Gut. Ich bezahle sie allein. Fertig. Alles andere wäre eine Zumutung.«

Der gute Pfeifenberger hatte ja so recht. »Aha, wenn das so ist, Elke, bin ich gegen die Spirale.«

»Als ob das so wichtig wäre. Ich bekomme meine Spirale trotzdem.«

Die würde sich wundern. »Wenn du dir gegen meinen Willen eine Spirale einsetzen lässt, wird es zwischen uns keinen Sex mehr geben.« Das machte Eindruck auf die sture Person.

»Wie du meinst. Aber meine Spirale leiste ich mir auch ohne dich.« Damit rauschte sie ab.

Theoretisch hatte Schmalenbach sich durchgesetzt. Aber es blieb ein schales Gefühl.

Vielleicht würde er sich doch noch sterilisieren lassen. Dann stand sie schön blöd da mit ihrer selbst finanzierten Spirale. Mal sehen.

ABENDMAHL

Elke sah ihn zuerst. Sie hatte eben einen Blick dafür.

»Schau dir diesen Tisch an, Schmalenbach!«, sagte sie. »Ist der nicht wie für uns gemacht?«

Schmalenbach konnte es nicht glauben: Da stand ein Tisch an der Straße, und Elke geriet darüber in Verzückung.

»Diese strenge und dennoch schöne Form. Die gedrechselten Beine. Die vornehme dunkle Bräunung des Holzes. Wenn du mich fragst, Schmalenbach: Das wäre genau das Richtige für unser Wohnzimmer.«

Mal abgesehen davon, dass dieser Tisch kein Tisch war, sondern eine Tafel – also viel zu groß für ihre Siebzig-Quadratmeter-Wohnung. Offensichtlich handelte es sich bei dem fragwürdigen Stück, für das Elke entbrannt war, einfach um Sperrmüll.

Doch wenn Elke mal ihr Herz für etwas entdeckt hatte, gab es kein Halten mehr. Sie stürzte auf den Tisch zu, sie betastete sein Holz, schaute sich die gedrechselten Beine genauer an und lehnte sich auf die Tischplatte, um die Stabilität des Möbels genauer prüfen zu können.

Elke war begeistert.

»Es ist genau das, was ich mir erträumt habe«, sagte

sie schließlich. Der Ton ließ keinen Zweifel zu: Elke hatte sich in diesen Tisch verliebt, und sie würde nicht ruhen, bevor sie ihn besaß. Schmalenbach hatte da kaum eine Chance mit seinen wohlüberlegten Argumenten. Wenn Elke einmal für etwas Schönes entbrannt war, prallte jeder Einwand der höheren, ja sogar der göttlichen Vernunft, als deren Anwalt auf Erden sich Schmalenbach verstand, an ihr ab.

»Was sollen wir mit einem Tisch, an dem acht Leute sitzen können?«, fragte er dennoch tapfer. »Meistens sind wir allein, und wenn mal Besuch kommt, sitzen wir sowieso in der Küche.«

»Deshalb bekommen wir auch kaum Besuch – weil die Leute immer in der Küche sitzen müssen«, entgegnete Elke.

»Seit wann stehst du auf Sperrmüll?«, wandte Schmalenbach da ein. Das war zwar brutal, aber er wusste sich einfach nicht anders zu helfen.

Ein Mann erschien. Er kam aus dem Haus, vor dem der Tisch stand. Jetzt erst bemerkte Schmalenbach, dass es sich um ein Möbelgeschäft handelte. Und dass dieses Geschäft Teil einer Kette war, einer sehr teuren Kette. Die Sache drohte, aus dem Ruder zu laufen.

»Ich sehe, Sie haben Interesse an unserem Esstisch *Abendmahl*?«

Elke zog die Augenbrauen hoch. Das kannte Schmalenbach an ihr – und er schätzte es. Sie mochte noch so euphorisch sein, sie mochte sich noch so leicht von einer Welle der Begeisterung für das Schöne (wovon Schmalenbach ja auch irgendwie profitierte, egal wie man es betrachtete) hinwegtragen lassen. Wenn es um das kühle Geschäft ging, wenn sich die Realität rüde zurückmeldete, dann war sie wieder hellwach und angriffslustig wie eine Löwin mit sechs Jungen.

»Was kostet das gute Stück denn?«

»Tausend Euro.«

»Soo günstig?! Schmalenbach, selbst bei Ikea gibt es einen solchen Tisch nicht zu diesem Preis, meinst du nicht auch?«

»Ikea stellt aber auch nicht auf der Straße aus«, sagte Schmalenbach. Er wollte dem etwas naseweisen Verkäufer das Gefühl geben, dass er es hier gleich mit zwei schwierigen Kunden zu tun hatte.

»Wir haben momentan etwas wenig Platz in unseren Räumlichkeiten. Im Übrigen tut die frische Luft dem Holz sehr gut.«

»Das sieht man!«, jubelte Elke.

»Dafür gebe ich Ihnen den Tisch ja auch billiger«, erklärte der Verkäufer nach erbitterten Kämpfen mit sich selbst. »Weil er rausmuss.«

Elke, die Wildkatze, war hellwach. »Aha, und um wieviel billiger?«

Der Mann kämpfte immer noch mit sich. »Sagen wir um vierhundert Euro.«

Da zeigte sich mal wieder, dass es sich lohnte, in der heutigen Geschäftswelt selbstbewusst aufzutreten. Elke machte das genauso wie die Stiftung Warentest es immer empfahl: Kühl abwägen, hart handeln und dann entschlossen zuschlagen.

»Alles klar. Für sechshundert Euro nehmen wir ihn. Aber nur wenn Sie ihn kostenlos liefern«, erklärte sie mit der Coolness eines staatlich anerkannten Drogenhändlers.

»Lieferung kostet immer extra. Und die vierhundert

Preisnachlass sind schon abgezogen. Tausend Euro ist der Endpreis.«

Eine Unverschämtheit. Schmalenbach wollte einfach weitergehen; von solchen Wegelagerern ließ er sich doch nicht das Geld aus der Tasche ziehen.

»Also tausend und Lieferung extra? Ist das Ihr letztes Wort?«, fragte Elke. Die Gute wollte sich wohl nur noch vergewissern, dass sie richtig gehört hatte.

»Ja«, antwortete der dreiste Straßenhändler.

»Gut, dann nehmen wir den Tisch«, erklärte Elke.

Der Tisch *Abendmahl* war so groß, dass die Lieferanten ihn auseinanderschrauben mussten, um ihn durch die Türen zu bekommen. Als er dann aber im Wohnzimmer stand, waren Elke und Schmalenbach doch sehr zufrieden mit ihrer Wahl.

Abendmahl war wirklich ein eindrucksvoller Tisch – auch wenn jetzt wenig Platz im Zimmer blieb. Man konnte halt nur sitzen. Aber dafür war ein Tisch wie *Abendmahl* ja da.

Elke küsste Schmalenbach auf die Wange. »Ich bin froh, dass wir diesen Schritt getan haben.«

Schmalenbach verstand sie nicht; sie hatten doch bloß einen Tisch gekauft. Sonst nichts.

Elke schmiegte sich an ihn. »Wir sind jetzt zwanzig Jahre zusammen. Wir haben keine Kinder, unsere Arbeit meistern wir mit links. Wir haben unsere Schäfchen im Trockenen, wie man so schön sagt. Ich finde, es wird Zeit, ein offeneres Haus zu führen.«

»Ein offeneres Haus? Möchtest du in Zukunft hier die Armen speisen?«

»Nun sei doch nicht so stur! Weißt du noch, wie wir uns damals geschworen haben, dass wir es anders machen wollen?«

»Was?«

»Alles.«

Schmalenbach konnte sich nur noch erinnern, dass sie sich geschworen hatten, es nicht so zu machen wie ihre Eltern. Dass sie es anders machen wollten, davon war keine Rede gewesen.

»Und was haben wir getan?«, fragte Elke nun. »Je älter wir werden, desto mehr verkriechen wir uns. Jeden Abend essen wir Nudelgerichte mit meinen zugegeben genialen Soßen und anschließend schauen wir fern.«

»Manchmal gehe ich noch auf ein Bier ins ›Promi‹ und diskutiere mit meinen Freunden die politische Großwetterlage«, warf Schmalenbach ein. Eigentlich führten sie doch ein abwechslungsreiches, anregendes Leben. Und es gab auch nicht immer Soße zu den Nudeln, manchmal aßen sie auch Nudeln mit Pesto, und einmal hatte Elke sogar Nudeln im Ofen überbacken – das war allerdings eine Ausnahme gewesen, und Schmalenbach hatte die ganze Nacht schlecht geschlafen, weil er zu viel gegessen hatte.

»Ich finde, wir haben uns ein anderes Leben verdient«, erklärte Elke kategorisch.

»Und was hat das mit unserem neuen Tisch zu tun?«

»Du bist ein Kreativer, ein Werbetexter, zwar nur für Tütensuppenslogans, aber immerhin mit Mitgliedschaft in der Künstlersozialkasse. Ich bin eine engagierte, kulturell interessierte und als Sachbearbeiterin innovative Persönlichkeit ...«

»Und deshalb brauchen wir diesen Tisch *Abendmahl*?«, fragte Schmalenbach etwas dämlich.

»Wir brauchen endlich einen großen Tisch, damit wir ein offenes Haus führen können. Wie die Frau des Kulturdezernenten. Ich möchte Menschen um mich haben, Schmalenbach ...«

»Aber das hast du doch!«, wandte er ein. »Ich bin immer bei dir.«

»Interessante Menschen! Menschen, deren Gespräche mich befruchten.«

Daher wehte also der Wind. Elke brauchte Abwechslung.

»Du willst also Gesellschaften geben? Einen Salon führen?«

»Ganz zwanglos. Man kommt, isst eine Kleinigkeit, trinkt einen guten Wein, tauscht sich aus und geht wieder. Ein bis zwei Mal die Woche. Zehn, höchstens fünfzehn Personen. Nach oben streng limitiert. Ich mache keine Party für Hinz und Kunz. Ich lade ausgesuchte Persönlichkeiten zu mir ein, die eine Rolle in dieser Stadt spielen. Männer mit Intellekt und Frauen mit Charisma.«

Das klang wirklich nicht so schlecht. Vor allem an den Frauen mit Charisma hatte Schmalenbach ein persönliches Interesse.

»Lass uns gleich mal eine Gästeliste für diese Woche zusammenstellen«, schlug Elke vor und holte etwas zum Schreiben. Schmalenbach mochte es, wenn seine Frau so zupackend, so optimistisch und bejahend war.

»Pfeifenberger ist als Cartoonist eine eingeführte Größe im Kulturleben«, begann er.

»... dieses aufgedunsene Großmaul?! Niemals! Wir machen ein kultiviertes Essen, keine Mallorca-Party.«

»Aber er ist mein bester Freund!«

»Du hast andere Freunde, die besser zu dir passen, Schmalenbach.«

Schmalenbach hätte jetzt schlecht sagen können, wer besser zu ihm passte als sein Freund Pfeifenberger. Aber es gab ja noch ein anderes, ein schlagkräftigeres Argument: »Und seine Frau Carola ist deine beste Freundin.«

»Diese intrigante Zimtzicke?! Dann können wir ja gleich die Mainzer Funkenmariechen dazubitten. Im Übrigen hat eine Frau viele beste Freundinnen.«

Jetzt erst begriff Schmalenbach, dass es besser gewesen wäre, den Tisch *Abendmahl* auf der Straße stehen zu lassen. »Gut, dann laden wir Manderscheid ein, der ist in allen Medien und kennt Gott und die Welt.«

»Der bringt dann seinen Lebensgefährten mit. Nicht mit mir!«

»Was hast du plötzlich gegen den Feuerschlucker aus Preungesheim?«

»Beim letzten Straßenfest habe ich gesehen, wie er in der Nase gepopelt hat.«

Deshalb gleich seinen Freund Manderscheid vom Essen auszuschließen, fand Schmalenbach etwas hart. Aber wenn Elke mal jemanden gefressen hatte, blieb sie auf ewig dabei.

»Germersheimer! Er schreibt seit Jahrzehnten dickleibige Wälzer aus dem Dreißigjährigen Krieg. Keiner kann so angeregt über Wallenstein plaudern wie mein Freund Germersheimer.«

Doch Elke schaute auch diesmal skeptisch. »Der Dreißigjährige Krieg ist nicht unbedingt das aktuelle Topthema in den Salons der Metropolen.«

Damit war Schmalenbach mit seinem Latein am Ende. Und wenn er ehrlich war: Ein bisschen traurig fand er ein Abendessen schon, an dem keiner seiner besten Freunde teilnehmen durfte.

Elke kritzelte einen Namen auf die Liste. Grönemeyer. »Ich möchte ihn unbedingt dabeihaben. Er ist der einzige deutsche Weltstar, der sich selbst treu geblieben ist.«

»Grönemeyer?«

»Genau. Und was hältst du von Roger Willemsen?«

Schmalenbach hatte nichts gegen Roger Willemsen. Aber es war an der Zeit, dass er auch mal Einspruch erhob, schließlich war es auch sein Tisch. »Roger Willemsen ist mir ehrlich gesagt für so eine intime Veranstaltung zu selbstverliebt.«

Eigenartigerweise akzeptierte Elke das. »Dann muss aber Iris Berben dabei sein.« Sie schrieb den Namen auf und betrachtete dann stolz ihre Liste. »Sieht gut aus, was?«

Schmalenbach fand, dass sie noch zu wenig kontroverse Persönlichkeiten hatten. Das sollte ja kein Familienessen mit Grönemeyer und Iris Berben werden, sondern ein Kulturevent. »Ich finde, so jemand wie Erika Steinbach gehört unbedingt dazu – auch wenn wir politisch nicht mit ihr auf einer Linie liegen.«

»Wenn Erika Steinbach kommt, lade ich Michel Friedman ein.«

Ein interessanter Kontrast.

»Aber etwas Glamour gehört auch dazu«, fand Elke. Dabei war das doch der Grund, warum Schmalenbach Erika Steinbach ins Spiel gebracht hatte. »Ich bin für Eros Ramazotti.«

»Wenn der kommt, kommt auch Sarah Wagenknecht«, forderte Schmalenbach kämpferisch.

»... dann darf Bushido nicht fehlen!«, entschied Elke und notierte alle Namen.

Zufrieden schauten sie sich ihre Liste an.

»Eigentlich sind das schon genug«, fand Schmalenbach, dem die Enge in ihrem Wohnzimmer etwas Sorgen bereitete.

»Ach, lass mich doch! Möglicherweise sagt jemand ab.«

Das glaubte Schmalenbach zwar nicht, aber er beließ es dabei.

Nun mussten sie nur noch die Menüfolge besprechen.

»Als Vorspeise Käsestangen«, verlangte Schmalenbach. Er liebte Käsestangen und nahm sich fest vor, sich nicht davon abbringen zu lassen. Schließlich sollte der große Abend auch seine Handschrift tragen.

»Als Hauptgericht mache ich meine berühmten Nudeln mit Gorgonzolasoße«, beschloss Elke. »Und der Nachtisch?«

»Ich finde zu solchen intellektuellen Anlässen passt eine Käseplatte gut.«

Damit waren sie mit der Planung ihres Events fertig und konnten die Einladungen verschicken.

Eine angenehme Vorfreude kehrte ein. Schmalenbach spürte es deutlich, mit diesem Essen würden sie an einem Abend ihr Leben ändern. Sie verließen ihre selbst gewählte Isolation und traten ins Licht der Öffentlichkeit. Dafür war er seiner Elke dankbar.

Schmalenbach trug an dem großen Abend sogar eine Krawatte. Das war er Elke einfach schuldig. Sie war extra zum Frisör gegangen und hatte sich in ihr langes Abend-kleid gezwängt. Allerdings kam Schmalenbach mit dem Binden der Krawatte nicht klar. Sein Knoten sah aus, als müsste damit ein Containertanker vertäut werden.

Elke schrie spitz auf.

Schmalenbach rannte ins Wohnzimmer.

»Ist was mit unserem neuen Tisch nicht in Ordnung?«, fragte Schmalenbach bang.

Elke war außer sich. »Mit dem Tisch schon. Aber du hast was vergessen.«

»Ich? Was?« Vielleicht hätte er sich bei der Gästeliste doch durchsetzen sollen. Grönemeyer und Erika Steinbach kannten sich sicher kaum.

»Die Stühle! Wir haben nur vier Stühle. Zwei in der Küche, einer im Bad und einer im Schlafzimmer. Und die vier passen nicht mal zusammen.«

Diese Frau hatte vielleicht Sorgen.

»Dann müssen wir eben improvisieren. Willemsen sitzt auf einer Bierkiste und Bushido kann Michel Friedman auf den Schoß nehmen.«

Doch das brachte Elke nur noch mehr in Rage. »Willemsen hast du ja ausgeladen, Schmalenbach. Und ich möchte nicht, dass bei meinem ersten Salon Leute wie Erika Steinbach und Grönemeyer den ganzen Abend stehen müssen. Das macht einen schlechten Eindruck.«

Das sah Schmalenbach ein. Aber was war zu tun? »Soll ich Stühle in der Nachbarschaft leihen?«

»Damit unsere Nachbarn sich im Flur aufstellen, um ein Autogramm von Grönemeyer zu ergattern? Nein, das geht nicht, wenn man so prominente Gäste hat. Wir müssen absagen.«

»Absagen? Die Leute an der Tür wegschicken?«

Dass das unhöflich wäre, sah selbst Elke ein.

»Schnell, mach das Licht aus!«, zischte sie.

Schmalenbach tat es. Sie zogen sich mit einer Flasche Chardonnay ins Bad zurück. »Wir tun einfach so, als wären wir nicht zu Hause«, flüsterte Elke. »Eine Terminverschiebung. Ganz einfach. Das Ganze ist um eine Woche verschoben. Und bis dahin haben wir acht neue Stühle. Und zwar passend zu unserem Tisch *Abendmahl.*«

DAS ZEUGNIS

Elke hatte was. Schmalenbach spürte das deutlich. Besser, man stellte sich dem Problem, bevor es bis ins Schlafzimmer vordrang. »Es ist nichts«, beteuerte sie. »Ehrlich nicht.«

»Hängt es mit deinen Hormonen zusammen?«, fragte er. »Oder hat es mit mir zu tun?«

Natürlich hatte es mit ihm zu tun. Bei Elke hatte alles mit Schmalenbach zu tun. Das machte es ja so schwierig.

»Du glaubst wohl, die Welt dreht sich nur um dich, was?«, schimpfte sie. »Es gibt auch ein Leben außerhalb dieser vier Wände.«

Das klang gar nicht gut. »Elke, wenn du meinst, dass du bei mir nicht mehr gut aufgehoben bist, dann sage mir das bitte!«

Sie schaute ihn sehr ernst an. »Es hat wirklich nichts mit dir zu tun. Ausnahmsweise. Es betrifft – wie soll ich sagen – mein Selbstwertgefühl ...«

»Glaubst du, ich finde dich nicht mehr attraktiv genug?«

Elke prustete. »Du meinst doch nicht im Ernst, dass ich viel auf deinen Geschmack gebe. Ich muss mir selbst gefallen. Und das tue ich ohne Abstriche.«

»Aber was ist es dann?«, drängte Schmalenbach.

Elke zierte sich. Schmalenbach mochte es, wenn sie sich zierte. Allerdings durfte sie nicht übertreiben. Als es ihm zu bunt wurde, sagte er: »Dann werde ich mich in Zukunft auch zurückhalten, wenn es um meine Probleme geht.«

Da Elke neugierig war, rüttelte sie das auf. »Du musst aber eines versprechen: Du darfst nicht lachen.«

War sie nicht süß? Und das mit Anfang vierzig. »Ja, ich verspreche hoch und heilig, nicht zu lachen.«

Elke nahm einen kleinen Anlauf – dann gestand sie: »Die Arbeit macht mir keinen Spaß mehr, seit meine Kollegin gekündigt hat. Sie wollte die Firma wechseln und hat deshalb ein Zeugnis gebraucht. Ich bin rot geworden vor Neid. Du hättest dieses Zeugnis sehen sollen. Wenn ich so ein Zeugnis bekäme, würde ich gar nicht mehr arbeiten gehen. Ich würde den ganzen Tag zu Hause sitzen und dieses wundervolle Zeugnis anstarren. Ich will auch so ein tolles Zeugnis wie meine Kollegin. Ich bin keinen Deut schlechter als sie. Im Gegenteil.«

Versprochen war versprochen. Schmalenbach blieb ernst wie ein Priester bei der Beichte. »Ein Zeugnis steht dir zu, selbst wenn du den Betrieb nicht verlassen willst. Wie ich deinen Chef einschätze, wird er dir ebenso gerne eines ausstellen wie deiner Kollegin.« Elke fiel ihm um den Hals. Manchmal ist es ganz einfach, einem Menschen wirklich zu helfen: Man muss ihn nur ernst nehmen.

Am nächsten Tag kam Elke noch niedergeschlagener nach Hause. Diesmal musste Schmalenbach sie gar nicht lange bedrängen: Es sprudelte nur so aus ihr heraus. »Ich sage zu meinem Chef: Mir steht aber auch ein Zeugnis zu. Und er sagt: Aber klar doch, aber ich habe momentan zu viel zu tun. Schreiben Sie sich doch selbst ein Zeugnis und legen es mir vor! Ich werde es ganz sicher ohne Murren unterschreiben. Stell dir das vor, Schmalenbach: Ich soll mir mein Zeugnis selbst schreiben! Ist das nicht eine Zumutung?«

Elkes Chef hatte es wirklich nicht leicht. »Das ist heute in vielen Firmen so üblich. Die Chefs haben alle Hände voll zu tun. Normalerweise können die Untergebenen sich selbst ja auch viel besser und fairer beurteilen. Die Vorgesetzten sind oft etwas einseitig.«

»Aber wie schreibt man sich ein Zeugnis selbst?« Elke war fast ein bisschen verzweifelt.

Nun – da war Schmalenbach gefragt. Schließlich war er der Werbetexter in der Familie. »Mach dir mal keine Sorgen! Ich schreibe dir dein Zeugnis.« Zum ersten Mal seit dem Weggang ihrer Kollegin lächelte Elke.

Die Sache erwies sich als schwierig. Obwohl es Schmalenbachs tägliches Brot war, alles Mögliche gut aussehen zu lassen, tat er sich schwer, Elkes fachliche Vorzüge herauszuarbeiten. Dennoch gelang ihm ein ansehnliches Zeugnis. Elke hätte damit sicher auch eine neue Anstellung gefunden. Aber darum ging es ja nicht. Es ging um ihr Selbstwertgefühl.

Elke las ihr Zeugnis – und begann zu schluchzen. »Ich wusste ja gar nicht, was mein Chef an mir hat«, sagte sie gerührt und bedankte sich überschwänglich. »Meinst du, das ist der rechte Moment, auch gleich um eine Gehaltserhöhung zu bitten?«

»Ich würde sagen: Eines nach dem anderen. Wenn erst einmal das Zeugnis ausgestellt ist, kannst du sicher auch nach einigen Wochen wegen einer Gehaltserhöhung vorstellig werden. Beides gleichzeitig zu machen, halte ich für etwas überzogen – wo doch in deinem Zeugnis steht, dass du eine äußerst verständnisvolle und loyale Mitarbeiterin bist, die niemals vernünftige Grenzen überschreitet.«

»Wo steht das?«

Schmalenbach zeigte es ihr. Sie las leise und nickte. »Und du meinst, das lässt sich nicht mehr ändern?«

»Ich bitte dich: Ein Zeugnis ist ein Dokument. Da kann man nicht nach Belieben dran rumfummeln.«

»Stimmt. Zumal sich diese Passage besonders gut anhört.«

Elke ging also mit dem Zeugnis zu ihrem Chef und bekam prompt dessen Unterschrift. Sie war überglücklich. »Ein solches Zeugnis hat nicht mal meine ehemalige Kollegin mit auf den Weg bekommen. Ich überlege, ob ich mich damit nicht irgendwo anders bewerben soll.«

Von dieser Idee war Schmalenbach überhaupt nicht begeistert. Warum ohne Not einen Wechsel? In diesen unsicheren Zeiten. Doch Elke wollte von seinen ausgewogenen und reifen Argumenten nichts hören. Sie pochte auf ihr Zeugnis. »Vielleicht solltest du es einfach mal aufmerksam lesen. Hier zum Beispiel: Sie zeigt Eigeninitiative, ist zuverlässig, immer pünktlich und fleißig. Wo findet man heute noch solche Angestellte?«

Schmalenbach winkte ab. »Das steht doch in jedem Zeugnis. Wenn du all das nicht wärst, hätten sie dich längst gefeuert.«

Elke wurde immer lauter. »Und was ist das hier? Sie arbeitet selbstständig und ist gewohnt, auch anspruchsvolle Projekte eigenverantwortlich abzuwickeln. Das ist doch eher das Profil eines Vorstandsmitglieds als einer Sachbearbeiterin.«

»Elke, ich bitte dich: Das sind Floskeln.«

Sie wurde wütend. »Kann es sein, dass du mir den Erfolg nicht gönnst? Von dir habe ich bis heute noch kein Zeugnis gesehen, das an meines heranreicht, Schmalenbach.«

Musste sie immer gleich so verletzend werden? Nur weil sie ein – zugegeben – recht gutes Zeugnis in der Hand hatte. »Dir ist aber schon klar, dass in diesen Zeugnissen verschlüsselte Informationen der Arbeitgeber stehen?«

»Wie bitte?!«

Schmalenbach nahm ihr das Zeugnis aus der Hand. »Hier zum Beispiel: Sie pflegt ein kollegiales Verhältnis zu allen unseren Mitarbeitern.«

»Na und? Alle mögen mich, und ich setze mich für sie ein.«

»Für einen erfahrenen Chef heißt das: Sie hetzt die Leute auf. Oder nehmen wir nur mal diese Passage: Sie ist ein geselliger Mensch und reißt mit ihrer guten Laune alle mit.«

»Ja – ich bin eben nicht so ein Miesepeter wie du.«

»Ich will dir sagen, was dieser verschlüsselte Satz heißt: Sie feiert gerne, trinkt einen über den Durst und stört dann den Betriebsfrieden.«

Elke riss ihm das Zeugnis aus der Hand. »Eine Unverschämtheit. Wie kommst du darauf, so etwas in mein Zeugnis zu schreiben?«

Schmalenbach wurde ärgerlich. »Hat dein Chef das Zeugnis unterschrieben oder nicht? Der wird schon wissen, wie er seine Mitarbeiter zu beurteilen hat.«

»Weißt du, was ich von diesem Zeugnis halte?«, fuhr Elke ihn an. »Ich werde es dir zeigen.« Elke zerriss ihr Zeugnis.

Schmalenbach blickte traurig auf die Papierschnipsel. »Dabei war es so wohlwollend formuliert.«

»So weit kommt's noch«, fauchte Elke. »Dass ich mich in meiner Selbsteinschätzung von dir und meinem Chef abhängig mache.«

DIE WÄSCHESPINNE

»Das kann doch jedem mal passieren«, sagte Elke und stand auf.

»Und warum stehst du einfach auf?«, fragte Schmalenbach.

»Was soll ich denn sonst tun? Warten?«

Sie konnte ja so gemein sein. Jede Frau konnte gemein sein, wenn sie ihren Mann bei einer Schwäche erwischte. Schmalenbach hätte schreien können. Schreien vor Unglück.

Erst hörte er sie in der Küche rumoren. Dann im Bad. Er roch, dass sie sich eine Zigarette angezündet hatte. Einfach so. Als sei nichts geschehen.

Frauen sind subtil. Es war ja sehr wohl etwas geschehen. Aber sie tat so, als sei nichts geschehen. Nun werden politisch korrekte Naturen wie Manderscheid sofort einwenden: Aber das ist doch ein Akt der Nächstenliebe, zu der nur eine liebende Frau in der Lage ist. In so einer schwierigen Situation zu tun, als sei nichts geschehen, um dem Partner das Gefühl zu geben, es sei wirklich nichts geschehen, und damit seinen Schmerz zu lindern.

Manche Männer sind aber auch naiv.

Erstens gehörte schon eine gehörige Portion Selbstbetrug dazu, sich nach dem, was soeben geschehen war, von seiner Frau suggerieren zu lassen, es sei nichts geschehen. Und zweitens: Keine Frau tut nach dem, was gerade geschehen war, wirklich so, als sei nichts geschehen. Frauen tun nach solchen Momenten nur so, als sei nichts geschehen, damit man merkt, dass sie so tun, als sei nichts geschehen. Das klingt jetzt in Manderscheids Ohren wahrscheinlich ziemlich verstiegen – aber Manderscheid hat sowieso keine Ahnung von Frauen. Ein Kerl, der für Robbie Williams schwärmt und den Intellekt von Roger Willemsen erotisch findet, sollte nicht über Frauen reden. Ein für allemal.

Jetzt begann sie auch noch die Waschmaschine auszuräumen. Mit brennender Zigarette. Manche Frauen haben überhaupt kein Stilempfinden. Sie besorgte den Haushalt, während Schmalenbach mit geschlossenen Augen im Bett lag und darüber nachdachte, ob er überhaupt noch ein richtiger Mann war. Fehlte nur noch, dass sie gleich die Wäschespinne im Schlafzimmer aufstellte. Aber zu einer solchen Herzlosigkeit war nicht einmal Elke in der Lage. Es gab eben doch Grenzen.

Schmalenbach verspürte Lust auf einen Drink. Er überlegte, ob er Elke bitten könnte, ihm einen Drink zu mixen. Das hatte er noch nie getan. Sein Respekt vor Elke war immer so groß gewesen, dass er niemals gewagt hätte, sie um so etwas zu bitten. Dabei konnte er das durchaus erwarten. Schließlich war sie seine Frau, und er hatte fast zwanzig Jahre lang alles getan, um sie glücklich zu machen. Bis ... na ja, bis eben.

Elke kam herein. Schmalenbach stellte sich schlafend.

Und wenn sie nun von selbst auf die Idee kam, ihm einen Drink zu mixen und ihm diesen ans Bett zu bringen? Womöglich noch zusammen mit einem liebevoll geschmierten Leberwurstbrot. Schmalenbach glaubte, dass ihm diese überraschende Wendung wieder den Glauben an ihre Beziehung zurückgeben könnte. Wo er doch so gerne Leberwurstbrote im Bett aß, sie aber Leberwurst hasste wie andere Leute Fischgräten in der Luftröhre. Schmalenbach wagte nicht zu atmen – so gespannt war er. Dieser Moment entschied über sein Wohl und Wehe.

»Es macht dir doch nichts aus«, hauchte sie. So sensibel konnte sie also sein.

Schmalenbach schlug erwartungsvoll die Augen auf.

Elke stellte gerade die Wäschespinne auf. Gleich neben dem Bett.

»Oder soll ich die Wäsche lieber in der Küche aufhängen?«, fragte sie unschuldig, als sie damit fertig war. »Geht's dir nicht gut?«

Was erwartete sie als Antwort auf so eine perfide Frage? Warum konnte sie nicht einfach in die Küche gehen, ihm ein Leberwurstbrot schmieren und es ihm zusammen mit einem frisch gemixten Drink ans Bett bringen? Warum hatten Frauen solche Freude daran, Männer, die sowieso litten, noch mehr leiden zu lassen?

»Vielleicht möchtest du ja noch ein wenig schlafen?«

Lachhaft. So wie er sich jetzt fühlte, würde er nie wieder schlafen können. Nie wieder.

»Ich hätte Lust auf einen Drink.« So, jetzt war es raus. Jetzt hing es einzig und allein von ihrem Einfühlungsvermögen ab, ob sie beide eine Zukunft hatten oder nicht.

»Einen was?«

»Einen Drink.«

»Was soll das denn sein?«

»Ein alkoholisches Mixgetränk. Meistens bunt. Mit einem Strohhalm.«

Sie lachte. »Aber das gibt's doch nur in alten Filmen. In Wirklichkeit macht das keiner mehr. Möchtest du ein Glas Sojamilch?«

Sojamilch? Igitt. Elke schleppte das Zeug neuerdings tonnenweise an – angeblich enthielt es im Gegensatz zu normaler Milch kein Cholesterin. Wenn diese dickflüssige Sojamilch nicht der Grund dafür war, dass soeben passiert war, was passiert war ...

»Elke!«

»Jaaaa?«

»Legst du dich ein wenig zu mir?«

»Warum nicht?«, sagte sie und tat es. So lagen sie nun nebeneinander. Zwei einsame Königskinder. »Und jetzt?«, fragte sie.

Schmalenbach begann sie zu streicheln.

»Ach so«, sagte sie. Einfacher machte sie es ihm dadurch nicht.

Schmalenbach gab sich alle Mühe, aber die richtige Stimmung wollte sich nicht einstellen. Irgendwie war der Tag verdorben. »Soll ICH uns einen Drink machen?«, fragte er.

»Um diese Zeit?«

Doch er war schon auf und rannte in die Küche. Ihm war klar, dass er mit dieser Aktion nur davon ablenken wollte, dass sie kurz davor waren, wieder so etwas zu erleben wie zuvor.

Aber was sprach gegen einen Drink?

Etwas sprach dagegen: Es fehlte einfach alles, was man zu einem Drink benötigte. Weder gab es im Kühlschrank Sodawasser, noch fand sich auf der Anrichte eine Flasche Likör oder eine harte Spirituose. Das Einzige, was in rauen Mengen vorhanden war, war – Sojamilch. Mit einem Schuss Wodka hätte ein erfahrener Barmixer selbst daraus einen anregenden Drink zaubern können. Aber in der Wodkaflasche fand sich nicht mal mehr ein Bodensatz. Es war zum Verzweifeln.

»Bring mir bitte einen Schluck Sojamilch mit!«, rief Elke aus dem Schlafzimmer.

Es blieb ihm nichts anderes übrig: Er tat es. Sie trank das Glas in einem Zug aus. Dann schnalzte sie mit der Zunge. »Das würde auch dir guttun«, sagte sie.

Wenn sie damit meinte, Sojamilch wäre gut für seine Männlichkeit, so konnte sie Schmalenbach nur Leid tun.

»Auf mich jedenfalls wirkt Sojamilch aphrodisiakisch«, behauptete sie dreist und räkelte sich auf dem Bett. »Komm mal her!«

So stellte sie sich das also vor. Er war doch kein Zuchthengst. Er brauchte etwas Finesse – und einen Drink. Aber beides war bei ihr ja nicht zu haben.

»Meinst du nicht, es wäre Zeit für einen zweiten Anlauf?«, gurrte Elke.

Kein anderer Mann hätte diesem Anblick standhalten können. Keiner. Außer Schmalenbach. Der ließ sich eben nicht auf ein simples Reiz-Reaktions-Schema reduzieren.

»Nein. Ich kann nicht.«

»Dann trink endlich ein Glas Sojamilch!«, riet sie ihm ungehalten.

»Es hat mit etwas anderem zu tun.«

»Womit?«, hauchte sie und zog ihn an sich.

Schmalenbach machte sich los. »Mit der Wäschespinne. Solange sie neben dem Bett steht, kann ich nicht.«

Nun war Elke sauer. Sie ließ sich ungern in ihre hausfraulichen Belange reinreden. »Die Wäschespinne war vorher nicht da – und trotzdem ist es passiert.« Dennoch stand sie auf und brachte die Wäschespinne auf den Balkon. »So«, sagte sie und legte sich wieder neben ihn. »Ich warte!«

»Ich kann trotzdem nicht.«

»Und warum nicht?«

»Du hast aphrodisiakisch gesagt. Es heißt aber aphrodisisch. Solche Fehler kühlen meine Libido ab. Ich brauche eine kultivierte Atmosphäre zum ...«

Weiter kam Schmalenbach nicht. Elke war aufgesprungen und türenschlagend hinausgerauscht. Ja, so waren sie die Frauen: Sensible Männer überforderten sie eben.

SONNTAGMORGEN

Es gibt kreative und weniger kreative Tageszeiten. Am kreativsten sind die Sonntagvormittage. Der Mensch muss nicht zur Arbeit, er hat Zeit für seine Sonntagszeitung und für ein ausgiebiges Frühstück, nur unterbrochen von etwas hastigem Sex oder einer politischen Diskussion. Oder beidem. Das fördert die Muse.

Früher gingen Familienväter sonntagmorgens zum Frühschoppen. Das hat sich durch die negative Haltung der Krankenkassen dem Alkoholkonsum gegenüber etwas gelegt. Dennoch blieb der Ausnahmecharakter des Sonntagmorgens erhalten. Nur dass 'er demokratischer und unverkrampfter geworden ist. War es in Zeiten des Patriarchats noch üblich, dass der Paterfamilias nach seinem Frühschoppen angesäuselt zur Tafel erschien und sich anschließend – ermattet vom vielen Alkohol und einer ausgiebigen politischen Tour d'Horizon – hinlegen musste, so geht die moderne Familie heute gemeinsam zum Brunch. Es wird kaum noch waghalsig politisiert, dafür aber die Corporate Identity gepflegt – und anschließend muss die ganze Familie sich hinlegen. Das ist wahrer Fortschritt.

In dieser Atmosphäre entspannter Gemeinsamkeit kommen die Menschen auf Ideen, auf die sie sonst nicht kommen. So soll Einstein den entscheidenden Einfall zu seiner Relativitätstheorie an jenem verregneten Sonntagvormittag gehabt haben, an dem er nicht mit seinem Hund raus konnte. Gorbatschow hat sich an einem Sonntagmorgen entschlossen, montags nicht mehr in den Kreml zu fahren und die Sowjetunion zum Verkauf freizugeben. Bill Gates kam an einem denkwürdigen Sonntagmorgen nach langem und grüblerischen Blick aus seinem Fenster auf die Idee – na, auf was schon? Natürlich auf Windows.

»Wie wär's, wenn wir dieses Jahr auf Grönland Urlaub machen würden?«, fragte Schmalenbach an einem Sonntagmorgen seine Elke. »Man würde einmal etwas anderes sehen als die ewig gleichen Sandstrände mit den Bikinischönheiten aus der Nachbarschaft.«

Leider macht Elke zwischen einem ganz normalen Vormittag und dem magischen Sonntagmorgen kaum einen Unterschied. Das hat etwas mit ihrem niedrigen Blutdruck zu tun und mit einer überreichen Lebenserfahrung, die sie gelehrt hat, mit allzu forschen Sonntagmorgen-Ankündigungen vorsichtig umzugehen. »Da ist mir ja der Harz lieber.«

Schmalenbach vertiefte sich in den nächsten Artikel seiner Sonntagszeitung. Er hatte seinerseits die Erfahrung gemacht, dass es wenig Sinn hatte, Elkes intuitiven Widerstand gegen Innovationen mit geduldigem Argumentieren unterlaufen zu wollen. Dann musste er Grönland eben auf den übernächsten Sommer verschieben. Es gab genug anderes zu tun und zu bedenken. Zum Beispiel: »Ich habe mich dazu entschlossen, aus meinem Leben mehr zu machen.«

»Das hört sich aber gut an«, sagte Elke, während sie eine neue Kanne Kaffee aufbrühte. »Und wie willst du das bewerkstelligen?«

Schmalenbach ließ die Zeitung sinken. »Kann man nicht einmal eine neue Idee artikulieren, ohne dass du sie sofort in Grund und Boden kritisierst? Abnehmen werde ich übrigens auch.« Und er setzte, während Elke sich ein Croissant mit viel Butter und Honig schmierte, prophylaktisch hinzu: »Und verschone mich jetzt bitte mit deinem mechanischen ›Wie viel?‹, ›Wie?‹ und ›Weshalb?‹! Ein Mann muss auch mal eine Absicht bekunden können, ohne dass seine Frau ihn gleich daran erinnert, wie oft er sich das schon vorgenommen hat und nichts daraus geworden ist. Haben wir uns verstanden?«

An Sonntagvormittagen erlaubt sich Schmalenbach einen etwas autoritäreren Ton als üblich. Das hat mit den Unmengen Kaffee zu tun und seinem damit stetig steigenden Blutdruck.

»Abnehmen wäre gut«, sagte Elke und gähnte.

»Findest du mich etwa zu dick?!«, fuhr Schmalenbach sie an.

»Du sagst doch selbst, dass du abnehmen willst.«

»Wenn ich das äußere, so ist das ein Spiel meines freien Willens. Wenn du mir aber an einem friedlichen Sonntagvormittag vorhältst, ich sei zu dick und müsse dringend abnehmen, so hat das den Charakter einer Zwangsmaßnahme.«

»Übertreibst du jetzt nicht ein wenig?«

»Welchen Mann lässt es kalt, wenn seine Frau ihm ausgerechnet nach einer ekstatischen Liebesnacht vorhält, er sei fettleibig?«

»Erstens habe ich das nicht behauptet. Und zweitens: Von welcher ekstatischen Liebesnacht sprichst du denn?«

Das war ja mal wieder typisch. Da saß man an seinem wohlverdienten Sonntagvormittag einträchtig zusammen und dachte Dinge, zu denen man sonst nie kam – und plötzlich konfrontierte Elke einen mit beleidigenden Behauptungen. Dass dabei mal wieder die Sex-Karte gespielt wurde, war ihre übliche Reaktion auf die Kapriolen von Schmalenbachs Geist: Da sie selbst selten zu gewagten Luftsprüngen fähig war, vergällte sie ihm die Freude, indem sie ihm die sexuelle Potenz absprach. Doch Schmalenbach dachte nicht im Traum daran, sich den Mut zu ungewöhnlichen Entschlüssen nehmen zu lassen. »Was war denn das heute Nacht, wenn es in deinen Augen keine ekstatische Liebesnacht war?«

Jetzt griff sie sich auch noch zerstreut an den Kopf. »Ich kann mich beim besten Willen nicht daran erinnern.« Dieses Luder!

»Vielleicht fällt es dir wieder ein, wenn die Nachbarn wissen wollen, warum du so laut geschrien hast?«

Damit setzte Schmalenbach unbeirrt seine Lektüre der Rezensionen belletristischer Neuerscheinungen fort. »Kann gut sein, dass ich dieses Jahr noch einen Verlag eröffne. Schließlich habe ich die Mitte meines Lebens bereits hinter mir und muss mich ranhalten, wenn ich meine Lebensträume verwirklichen will.«

»Hier in unserer Wohnung?«

Schmalenbach schaute sich um und taxierte seine kleine Welt nach den Gesichtspunkten moderner Verlagslogistik. Elke hatte nicht ganz Unrecht: Eigentlich waren die Räumlichkeiten nicht für eine Verlagsgründung ausgelegt.

Aber fürs Erste musste es gehen. Schließlich handelte es sich um ein kulturelles Wagnis – und um die Realisierung eines Lebenstraumes. Hatte er erst ein, zwei Bestseller platziert, würde der Umzug in ein Bürohochhaus im Zentrum der Stadt unausweichlich sein.

»Du weißt aber, dass Bücher Staubfänger sind!?« Was für kleinliche Einwände! Mit einer solchen Frau an seiner Seite wäre Picasso Apotheker geworden, anstatt sich am Sonntagmorgen eine neue Phase einfallen zu lassen, und Winston Churchill hätte Brieftauben gezüchtet, anstatt gegen Hitler Krieg zu führen.

»Ich glaube, ich lasse das mit dem Verlag und beginne endlich eine Psychoanalyse«, erklärte Schmalenbach wenig später sehr entschlossen. »Ich wollte immer schon wissen, was mit mir los ist. Vielleicht findet sich ja ein beherzter Analytiker, der bereit ist, sich auf dieses Abenteuer einzulassen.«

Elke schaute erschrocken von ihrer Frauenzeitschrift auf. »Die Idee mit dem Verlag war gar nicht so schlecht.«

»Davon bin ich aber längst wieder abgekommen«, entgegnete Schmalenbach trotzig.

»Schade. Du wärst ein guter Verleger geworden.«

»Nein, jetzt ist es zu spät. Im Übrigen werde ich auch von der Psychoanalyse Abstand nehmen. Ich warte lieber, bis diese Schule sich in der Psychologie richtig durchgesetzt hat«, sagte Schmalenbach und faltete seine Zeitung zusammen. »Was unternehmen wir heute? Gehen wir in eine Ausstellung oder machen wir einen Spaziergang?«

Elke schaute ihn – wieder gähnend – an. »Darüber habe ich mir noch gar keine Gedanken gemacht.«

Schmalenbach schäumte vor so viel Dickhäutigkeit. »Weißt du, was ich glaube? Dir fehlt jegliches Talent, aus deinem Sonntagvormittag biographisch etwas zu machen.«

DAS SCHWEIGEN

Elke war in dieser eigenartigen Stimmung. Eine Stimmung, in die nur Frauen ihres Alters kommen. Frauen, die das Leben kennengelernt haben und dennoch nicht verzagt sind.

»Weißt du, was ich an dir liebe?«, fragte sie.

Schmalenbach saß kerzengerade. Nicht, dass er sich davor gefürchtet hätte zu erfahren, was Elke an ihm liebte. Da gab es ja genug zur Auswahl. Nein, was ihm so zu schaffen machte, war die Gewissheit, dass auf diese großherzige, ja zärtliche Frage unweigerlich eine zweite folgen würde. Nämlich die Frage: »Und was ist es, was du an mir liebst?«

Schmalenbach konnte nur verlieren. Keine Frau der Welt war auf die Frage, was man an ihr liebte, zufriedenzustellen. Am wenigsten Elke. Sollte der arme Schmalenbach sagen, dass er sie wegen ihres immer noch sehr reizvollen Körpers liebte? Allein schon die höflichen Adverbien »immer« und »noch« waren dazu geeignet, Elke in einen biblischen Furor zu stürzen. Mal ganz abgesehen davon, dass es für sie eine pure Formalität war, Schmalenbach in schärfster Form zurechtzuweisen, weil ihm im Zusammenhang mit Liebe nichts anderes einfiel als plumpe, körperliche Reize – auch wenn Elke davon eingestandenermaßen eine Menge besaß.

Wenn er sich jedoch auf ihre geistigen Tugenden besann, wenn er ihre Großzügigkeit und Milde, ihre Sensibilität und Mitmenschlichkeit hervorhob – dann konnte er sich erst recht auf einen Wutanfall gefasst machen. Ob sie denn schon so alt und unansehnlich, so fett und unförmig, so faltig und geschlechtslos sei, dass er diese abgenutzten, romantischen Klischees bemühte, um darüber hinwegzutäuschen, dass sie ihn körperlich nicht mehr ansprach.

Man sieht schnell: Schmalenbach befand sich in einem unlösbaren Dilemma.

Nun mögen gerissenere Naturen in Erwägung ziehen, diese beiden Pole der Weiblichkeit – das ästhetische und das spirituelle Lob – geschickt zu kompilieren. Was sie aber dann erwartete, würde ihnen ein für allemal die Lust an sophistischen Übungen nehmen: »Wie kann man nur so blöd sein zu glauben, eine einigermaßen intelligente Frau werde sich mit derartigen Widersprüchen abfertigen lassen?«

Schmalenbach beschloss also zu schweigen.

Daraufhin ergriff Elke selbst wieder das Wort. »Du wirst es nicht glauben, aber ich liebe vor allem an dir, dass man mit dir so wunderbar schweigen kann.«

Schmalenbach glaubte erst, er hätte sich verhört: Schweigen. Ein Wort, das im Kosmos von Elke bisher nicht vorkam. Schweigen.

Nun gut. Also schwieg er.

Auch Elke schwieg. Das war eine neue, eine ganz ungewohnte Erfahrung.

Dass sie beide schwiegen. Und dass Elke dieses Schweigen auch noch zu genießen schien. Sie schloss sogar die Augen und lächelte selig. Schmalenbach wurde es ganz mulmig. Wo sollte das noch hinführen?

Schmalenbachs rechte Hand schlief ein. Er bewegte sie. Seine Knöchel knackten. Es klang wie die Explosion einer Handgranate im Spülbecken.

Elkes Augenlider zuckten leicht. Aber sie sagte nichts. Sie schwieg weiter.

Schmalenbach spürte seinen Darm. Jetzt, da geschwiegen werden sollte, produzierte der ein geradezu obszönes Knurren. Schmalenbach hüstelte, weil er hoffte, damit das Darmgrimmen zu übertönen. Aber Elke, die Arme, vernahm beides. Dennoch schwieg sie weiter. Diese wunderbare, diese großmütige, diese verständnisvolle Frau schwieg ein archaisches Schweigen – und Schmalenbachs Knöchel knirschten dazu und sein Darm tat sich wichtig und spielte verrückt.

Langsam sah er selbst ein, dass Elke es nicht einfach hatte. Nicht einmal kultiviert schweigen konnte man mit ihm. Ständig mussten irgendwelche Extremitäten oder Innereien dazwischenfunken. Er hasste sich dafür selbst.

Vielleicht sollte er sich ein Beispiel an Elke nehmen und auch so losgelöst und erdenfern schauen. Doch als er es versuchte, hatte er das Gefühl, dass er dabei unendlich dämlich aussah.

Fast wäre es ihm lieber gewesen, Elke hätte ihr Schweigen unterbrochen und ihn wegen seiner niveaulosen Grimassiererei heruntergeputzt. Aber diese Göttin scherte sich nicht um die Unzulänglichkeiten seiner niederen Existenz. Sie schwieg einfach weiter. Was das Zeug hielt. Und sie schaute dabei auf ihre frisch lackierten Fingernägel. Das hatte wenigstens Stil.

Wo aber sollte Schmalenbach hinschauen? Seine Fingernägel waren zu lang, seit Tagen hatte er sie schneiden wollen. Und die Schuhe? Seine Schuhspitzen hatten Flecken. Schmalenbach schaute die Wand an. Sie hätte längst mal gestrichen werden müssen. Elke hatte ihn schon so oft darauf hingewiesen, aber er – er hatte immer anderes im Kopf gehabt. Im Grunde war er eine Zumutung für diese großartige Frau.

Elke schwieg jetzt schon fast fünf Minuten. Das sollte ihr mal jemand nachmachen. Andere Frauen plapperten unentwegt. Sie wollten immer irgendetwas wissen von ihren Männern. Keine hatte die Größe, einfach mal dazusitzen und mit ihrem Mann zu schweigen. Gerade die Frauen, die am meisten dahermachten, konnten am wenigsten gut schweigen. Elvira, die Kellnerin mit dem kürzesten Mini und dem aufregendsten Ausschnitt des Nordends, hörte nie auf zu reden. Ständig wollte sie wissen, wie sie auf die Männer wirkte. Ständig musste sie Komplimente hören. Und wenn man versuchte, mit ihr intim zu werden, war erst recht was fällig: Sie fragte einen schamlos nach sexuellen Vorlieben aus, sie bestand darauf zu erfahren, ob man in letzter Zeit ungeschützten Sexualverkehr gehabt hatte oder ob man gerne Motorrad fuhr und sadomasochistische Rollenspiele liebte.

Wie anders war Elke im Vergleich dazu? Diese Frau konnte schweigen. Schmalenbach hatte ja nicht geahnt, was das für ein Vorzug war. Man wuchs in der Nähe eines solchen Menschen. Vielleicht würde er auch bald so schweigen können wie seine Elke. Zusammen würden sie die Tiefen des Seins erkunden. Stundenlang würden sie sich gegenübersitzen wie jetzt – und einfach nur schweigen. Ohne Knöchelknirschen und ohne Darmmalaisen. Vor allem aber ohne sich gegenseitig mit dämlichen Fragen auf die Nerven zu gehen.

Jetzt schweigen sie schon zehn Minuten. Das muss man sich mal vorstellen. Und da sagte Pfeifenberger immer, Elke sei geschwätzig. Dieser Schwätzer. Der konnte doch mit seiner Carola keine zehn Sekunden schweigen, ohne dass sie mit Zähnen und Klauen aufeinander losgingen.

Nun schweigen sie schon fast eine Viertelstunde. Langsam wurde Schmalenbach die Zeit doch lang. Er war ja noch verabredet. Mit Pfeifenberger und Germersheimer im »Promi«. Aber jetzt saß er zu Hause und schwieg mit seiner Elke. Schmalenbachs Beine begannen zu kribbeln, und der Rücken tat auch weh, wenn man so lange bewegungslos verharrte.

Jetzt konnte sie wirklich mal was sagen. Zum Beispiel: Was sollen wir heute Abend essen? Tagliatelle oder Rigatoni? Seinetwegen auch: Du solltest endlich mal die Wand streichen. Aber sie schwieg. Dieses Schweigen lastete ihm auf der Seele. Es war einfach zu mächtig. Und jetzt bekam er auch noch Kopfschmerzen davon.

Elke räkelte sich. Gott sei Dank. Schmalenbach hätte dieses Schweigen keine Sekunde länger ausgehalten. Sie seufzte. Er war erlöst. In zwanzig Minuten war er bei Pfeifenberger und Germersheimer und berichtete ihnen stolz davon, was für eine wunderbare Frau er hatte. Eine Frau, die keine dummen Fragen stellte, eine Frau die schweigen konnte.

»Und?«, sagte sie.

»Was und?«

»Hast du nachgedacht?«

»Worüber?«, fragte Schmalenbach.

»Worüber schon? Natürlich was du an mir am meisten liebst. Nun sag schon! Du hattest doch genug Zeit dafür.«

FETTE BEUTE

Ab und zu brachte Elke von ihren nächtlichen Streifzügen Beutestücke mit nach Hause. Diese drapierte sie dann am nächsten Morgen stolz und etwas gerührt auf dem Frühstückstisch.

Wenn sie die Nacht gut überstanden hatte, erzählte sie Schmalenbach, was es mit dem jeweiligen Juwel auf sich hatte: Ein Blechring war in seinem ersten Leben der Verschluss einer Coladose gewesen, die Elke auf einem Rod-Stewart-Konzert getrunken hatte. Einen Schlüsselanhänger mit »Schneekoppe«-Reklame hatte sie auf dem Damenklo des angesagtesten Vietnamesen der Stadt gefunden, und sie schwor, dass der Anhänger einmal Ottfried Fischer gehört habe.

Schmalenbach verbot sich die indiskrete Frage, wie Ottfried Fischers Schlüsselanhänger auf die Damentoilette des Vietnamesen gekommen sei, und war erleichtert, dass seine Elke noch nicht dazu übergegangen war, die Herrentoiletten der Frankfurter Restaurants nach interessanten Trophäen zu durchsuchen.

Irgendwann türmten sich auf dem Frühstückstisch knallbunte Flyer, die den Segen von Hühneraugenpflastern feierten oder auf Schnuppertermine bei den Anonymen Alkoholikern aufmerksam machten.

»Was die Großstadt doch für Wunder und Geheimnisse birgt«, schwärmte Elke. »Und die meisten Menschen gehen achtlos daran vorbei. Du bringst ja auch höchstens mal eine zerknüllte Wirtshausrechnung mit nach Hause.«

Dann entdeckte sie die Fun-Postkarten mit den Motiven aus dem letzten Jahrhundert. So gab es eines Morgens eine fette Matrone, die versonnen in die Ferne schaute. Unter dem Schwarz-Weiß-Foto stand: »Suche: Wahre Liebe. Biete: Nichts als Ärger.«

Elke war entzückt von dem Fund. »Meine Freundinnen haben sich nicht mehr eingekriegt«, berichtete sie. »Von der Alten Oper bis zur Konstablerwache. Die Leute haben sich nach uns umgedreht.«

Schmalenbach dankte dem gnädigen Schicksal, das es so eingerichtet hatte, dass er sich am Vorabend ausschließlich im »Promi« aufgehalten hatte und ihm so die Konfrontation mit Elkes Korona erspart geblieben war.

Von nun an gab es kaum noch Frühstücke ohne originelle Slogans für starke Frauen. Zum Beispiel überraschte Elke ihren Schmalenbach mit einer ätherischen Schönen im langen Chiffonkleid, die auf einer Chaiselongue ausgestreckt lag und etwas leidend zur Seite schaute. Das Motto lautete diesmal: »Frauen sind da, um geliebt, nicht, um verstanden zu werden.«

Elke war total aus dem Häuschen. »Wir haben den ganzen Abend darüber diskutiert. Im Café Laumer hat sich Hannelore Elsner für eine Viertelstunde an unseren Tisch gesetzt, um sich an der Diskussion zu beteiligen. Ottfried Fischer hat derweil mit seinem Steuerberater telefoniert.«

»Was hat denn Ottfried Fischer damit zu tun?«

»Das weißt du nicht? Der zieht doch neuerdings mit Hannelore Elsner rum.«

Die neue Karte verschlug Schmalenbach beinahe die Sprache. »Was soll denn das überhaupt heißen? Dass wir Männer euch gefälligst anbeten, aber um Gottes willen nie fragen sollen, warum ihr fremde Schlüsselanhänger von Damenklos mit nach Hause bringt?«

Elke dachte angestrengt nach und antwortete dann: »Genau!«

Das war für Schmalenbach das Signal: Es gab eben Dinge, über die konnte man nur schweigen.

»Das ist übrigens von Oscar Wilde«, behauptete Elke trotzig.

»Woher willst du das wissen? Du hast doch noch nie etwas von ihm gelesen.«

»Es steht hinten drauf – du ignoranter Besserwisser!«

»Auch ein Oscar Wilde hat viel Unsinn geschrieben«, entgegnete Schmalenbach gelassen. »Vor allem wenn es um Frauen ging. Was du vielleicht nicht weißt: Oscar Wilde stand auf Männer. Frauen waren ihm so ziemlich gleichgültig. Mit dieser Voraussetzung kann man leicht Sätze niederschreiben wie diesen und anschließend zu einem knackigen Jüngling ins Bett steigen. Man muss sich ja nicht mit euch Frauen herumschlagen.«

»Schwule haben eben mehr Verständnis für uns als ihr Heteros. Ihr habt doch sowieso immer nur das eine im Kopf.«

Da Schmalenbach genau wusste, dass sie darauf wartete, verbiss er sich die Frage, was dieses eine denn wäre, und widmete sich der Lektüre seiner Tageszeitung.

Als Schmalenbach am nächsten Morgen verschlafen und schlecht gelaunt in die Küche kam, saß seine Lebensgefährtin schon mit verschränkten Armen am Tisch und wartete gespannt darauf, was er diesmal zu ihrer Beute sagen würde.

Wieder handelte es sich um das Porträt einer fülligen Dame, die etwas desorientiert in die Kamera schaute. Der Text war mehr als eindeutig und in Schmalenbachs Augen ein Skandal: »Warum auf den Richtigen warten, wenn man eine Menge Spaß mit den Falschen haben kann?«

Diesmal war die Grenze des guten Geschmacks eindeutig überschritten – und Schmalenbach wünschte sich insgeheim, dass es in Frankfurt eine entschlossenere Stadtverwaltung gäbe, die sich nicht zu schade dafür wäre, bei eindeutig volksverhetzender Propaganda mit rigorosen Mitteln durchzugreifen.

»Und? Was sagst du?«, drängte Elke.

»Guten Morgen.«

Sie bebte vor Ungeduld. »Ist das alles, was dir dazu einfällt?«

»Hast du gut geschlafen, mein Schatz?«

»Lass den Schmalz! Ich will wissen, was du von der Karte hältst, die ich gestern Abend in der ›Stalburg‹ gefunden habe!«

Schmalenbach rieb sich die Augen, tat so, als entdeckte er jetzt erst die Problempostkarte, nahm sie vom Tisch auf, warf die Stirn in Falten, lieh sich Elkes Lesebrille aus, machte einen zweiten Versuch, den obszönen Text zu entziffern – und legte die Karte dann seufzend zurück.

»Total witzig, nicht wahr?« Elke hielt es nicht mehr auf ihrem Stuhl.

»Es geht.«

»Es geht?«

»Ich find's etwas pubertär.«

»Pubertär?« Elke wurde rot vor Wut. »Das ist also pubertär. Wenn wir Frauen uns herausnehmen, das Leben in vollen Zügen zu genießen, dann ist das pubertär, was?«

»Was möchtest du denn in vollen Zügen genießen? Den falschen Umgang? Das ist doch ein Widerspruch in sich, eine *contradictio in adjecto*.«

Jetzt rannte Elke schimpfend durch die Küche. »Immer wenn du an deine Grenzen stößt, kramst du irgendeinen griechischen Spruch heraus. Damit kannst du vielleicht deine Saufkumpane beeindrucken, aber nicht eine selbstbewusste und lebensfrohe Frau.«

»Das ist lateinisch, nicht griechisch.«

»Was meinst du, wie egal mir das ist, Schmalenbach?«

»Aha, da färbt der schlechte Umgang mit den falschen Männern schon ab. Du wirfst sogar den kläglichen Rest deiner Mittelschulbildung über Bord. Es dauert nicht mehr lange, dann lässt du dich tätowieren und trinkst zum Frühstück Bier aus der Flasche.«

Elke setzte sich wieder an den Tisch und zündete sich eine Zigarette an. »Na und? Besser als einen Langweiler im Bett.«

Damit war der Tiefpunkt der Auseinandersetzung erreicht. Schmalenbach beschloss, von nun an noch tapferer zu schweigen. Dann entdeckte er abends im »Promi« selbst eine Postkarte. Darauf stand in leuchtend roten Lettern: »Männer sind was Wunderbares.«

Elke war entsetzt. »Was soll das denn? Verkehrst du jetzt in Darkrooms?«

Ein Schmalenbach ließ sich so nicht provozieren. »Die Karte habe ich in einem der besten Lokale der Stadt entdeckt. Endlich mal etwas Intelligentes – und auch noch mehrheitsfähig.«

»Das klingt ja wie ein Slogan für Nierentee«, behauptete Elke, zerriss die Karte und warf sie in den Mülleimer.

Schmalenbach stand mit offenem Mund da. »Was fällt dir ein?«, stammelte er.

Elke hauchte ihm einen Kuss auf die Wange. »Das haben wir doch nicht nötig. Reklamezettel aus Kneipentoiletten. Warum liest du nicht mal wieder ein gutes Buch? Das passt viel besser zu dir als dieser Schund.«

WILDE PHANTASIEN

Wie immer führten die Frauen das große Wort. »Ihr Männer habt nicht den Mut, zu euren sexuellen Phantasien zu stehen«, behauptete Carola Pfeifenberger.

Dabei war der Abend bisher so harmonisch verlaufen. »Woher sollen wir wissen, dass ihr euch dafür interessiert?«, fragte Schmalenbach vorsichtig.

Auch Pfeifenberger glaubte, etwas zu seiner Verteidigung vorbringen zu müssen. »Und wer sagt uns, dass ihr unsere Phantasien nicht in den Dreck zieht? Entweder ihr macht euch darüber lustig oder aber ihr beschimpft uns als Sexisten.«

Die beiden Frauen aalten sich im Anblick der verschreckten Männer. »Das kommt ganz auf eure Phantasien an.« Elke steckte sich schon wieder eine Zigarette an. Gerne hätte Schmalenbach sie an ihren Vorsatz erinnert, weniger zu rauchen, doch in dieser brisanten Situation wollte er sie auf keinen Fall reizen.

»Und was ist mit euch?«, stieß Pfeifenberger hervor. »Ihr macht uns Vorhaltungen, weil wir Diskretion üben. Wenn man euch aber nach euren sexuellen Phantasien fragt, bekommt man immer das Gleiche zu hören: Frauen träumen, dass sie nackt über eine blühende Wiese laufen. Oder dass sie in Eselsmilch baden. Das Verlogene daran ist, dass in diesen angeblichen Phantasien keine Männer vorkommen. Es sind die gereinigten Versionen, die ihr euch untereinander erzählt, damit ihr euch gegenseitig versichern könnt, wie sensibel und originell ihr seid. Da sind wir Männer einfach ehrlicher: Anstatt uns solche Dummheiten auszudenken, schweigen wir lieber.«

Schmalenbach hätte ihm gerne beigepflichtet. Pfeifenberger sprach das aus, was die Männer schon lange dachten: Die Frauen waren Heuchler. Ständig mussten sie sich gegenseitig auf die Schultern klopfen und versichern, wie toll und weiblich sie doch waren. Keine von ihnen traute sich zuzugeben, dass sie schmutzige Phantasien hatte. Schmalenbach freute sich, dass sein Freund Pfeifenberger diesen verlogenen Weibern endlich mal die Wahrheit ins Gesicht gesagt hatte. Das hatte ihm gutgetan. Richtig gut.

»Was lächelst du denn so versonnen, Schmalenbach«, hörte er Elke sagen – und erschrak.

»Sicher hat er gerade mal wieder eine von den versauten Phantasien, von denen mein Mann so schwärmt«, höhnte Carola Pfeifenberger.

Bevor Schmalenbach etwas entgegnen konnte, sprang ihm sein Freund zur Seite – und das war nicht immer ein Vergnügen. »Na und? Wenigstens in seiner Phantasie kann er er selbst sein: Er begattet antike Zwitterwesen und vierzehnjährige Nymphen aus der Turn-Nationalmannschaft. Er lässt sich mit schönen Jünglingen vom Bahnhof ebenso ein wie mit knackigen Seniorinnen aus der Nachbarschaft. Er entblößt sich vor der Grünen-Fraktion im

Stadtrat und schaut protestantischen Bischöfinnen beim Bad auf der Tenne zu.«

»Schmalenbach!«, schrie Elke auf. »Wie kommst du dazu, in deiner Phantasie der Grünen-Fraktion beim Bad auf der Tenne zuzuschauen?«

»Falsch. Er entblößt sich vor der Grünen-Fraktion. Das mit dem Bad auf der Tenne waren die protestantischen Bischöfinnen«, korrigierte Pfeifenberger sachlich.

»Das ist ja noch schlimmer«, schimpfte Elke.

»Moment!«, protestierte Schmalenbach. »Das sind doch nur Hypothesen von Pfeifenberger. In Wirklichkeit …«

»Jaaaaa?«

»… in Wirklichkeit habe ich seit Jahren immer die gleiche Phantasie.«

»Gruppensex mit Cindy und Bert«, fiel der eifrige Pfeifenberger ihm ins Wort.

»Nichts dergleichen«, sagte Schmalenbach – und schwieg.

»Was ist jetzt?«, rief Carola. Und Elke schüttelte entsetzt den Kopf.

»Es ist … Ich scheue mich, es auszusprechen«, bekannte Schmalenbach. »Ich möchte nicht, dass ihr mich deswegen verurteilt. Wir sind doch aufgeschlossene, intellektuelle und moderne Menschen, die wissen, dass der Sex nicht das Wichtigste ist …«

»Raus damit!«, schrien sie wie aus einer Kehle.

Da konnte Schmalenbach nicht mehr anders. Auch wenn er sich um Kopf und Kragen redete. »Wenn ich ganz allein bin und mich völlig unbeobachtet fühle, dann stelle ich mir vor, dass ich … Ihr müsst mir aber schwören, dass niemand außerhalb dieses Raumes es erfährt.«

Natürlich schworen sie alle Stein und Bein zu schweigen.

»Ich stelle mir also vor, ich hätte Sex. Ziemlich guten Sex. Und zwar mit ...«

»Mit wem denn nun?«, entfuhr es Carola Pfeifenberger. Schmalenbach gab sich einen Ruck. »Mit Elke.«

Danach herrschte eine ganz unwirkliche Stille. Jeder war mit sich und seiner Scham beschäftigt. Irgendwann murmelte Pfeifenberger unwillig: »Ist es denn wenigstens irgend etwas Perverses, vielleicht dass du sie mal kräftig ...«

»Pfeifenberger!«, unterbrach ihn Elke. »Bis hierher und nicht weiter!«

Danach gab es nicht mehr viel zu besprechen. Die Pfeifenbergers verabschiedeten sich ziemlich wortkarg, und Elke räumte noch das Geschirr weg. Nachher beim Zubettgehen sagte sie plötzlich: »Das hätte ich nicht von dir gedacht.«

Dieser Satz traf Schmalenbach mitten ins Herz. »Ist es denn so schlimm für dich?«

»Es ist nicht schlimm. Es ist nur feige. Anstatt zu den Schweinereien zu stehen, die du dir ausdenkst, wenn ich mal für fünf Minuten das Haus verlasse, versteckst du dich hinter mir. Irgendwie finde ich das schäbiger als Pfeifenbergers Phantasien.«

Schmalenbach flehte sie an: »Es ist die Wahrheit. Ich stelle mir vor, dass wir beide ganz normalen Sex miteinander haben. Das macht mich an. «

Elke wirkte ein wenig ratlos. »Aber das ist doch schrecklich spießig, oder?«

»Für mich nicht. Für mich ist es das Schärfste, was ich mir vorstellen kann.«

Das gab Elke zu denken. Bevor sie einschlief, küsste sie ihn auf die Stirn. »Macht es dir etwas aus, wenn wir heute Abend mal keinen Sex miteinander haben?«, fragte sie noch ganz schuldbewusst. »Ich bin ein bisschen müde und – ehrlich gesagt – auch etwas durcheinander.«

»Nein, das macht mir gar nichts aus.« Warum auch? Wenn er es wollte, konnte er sich ja vorstellen, dass er Sex mit ihr hatte. Das war fast genauso schön.

Mitten in der Nacht läutete das Telefon. Pfeifenberger. Ziemlich fertig. »Ich habe über den gestrigen Abend nachgedacht. Schmalenbach, du warst verdammt mutig, das einzugestehen. Wir Männer sind ja wirklich etwas empfindlich, wenn es um unsere sexuellen Phantasien geht. Wir sind Freunde, und deshalb möchte ich dir auch etwas gestehen …«

Das war rührend, wirklich rührend. Schmalenbach wusste sehr gut, was Pfeifenberger ihm sagen wollte: Dass es bei ihm genauso war wie bei Schmalenbach. Dass es ihn auch am meisten erregte, wenn er sich den Sex mit seiner eigenen Frau vorstellte. Sie waren doch beide aus dem gleichen Holz geschnitzt.

»Ich muss dir gestehen, dass es bei mir genauso ist wie bei dir. Auch wenn es schrecklich spießig klingt.« Na also.

»Du stellst dir also in deinen sexuellen Phantasien auch vor, du hättest Sex mit deiner Frau? Schön, dass du das zugibst, Pfeifenberger.«

»Mit meiner Frau?! Wie kommst du denn auf so was? Mit der habe ich doch täglich Sex. Nein, ich stelle mir ebenso wie du vor, Sex mit DEINER Frau, mit Elke zu haben …«

Schmalenbach war empört. »Pfeifenberger, das habe ich jetzt nicht gehört.«

Doch Pfeifenberger kam richtig in Fahrt. »Es ist super, stimmt's? Sie ist so herrlich normal. Und wie sie sich immer ziert. Was mich am meisten anmacht, ist ihre einfallslose Unterwäsche. Und dann immer nur die gleiche Stellung: Sie auf dem Rücken, ich oben. Ich werde wahnsinnig, wenn ich daran denke.«

Schmalenbach legte auf. Er brauchte eine Weile, bis er wieder klar denken konnte. Und dann rief auch noch Elke aus dem Schlafzimmer: »Wer hat denn angerufen?«

DER VORLESER

»Weißt du, wie du mir eine ganz große Freude machen könntest?«

Wie konnte Schmalenbach Elke eine ganz große Freude machen? Indem er endlich »Salz auf unserer Haut« las – das Geschenk, das seit vielen Jahren, noch eingeschweißt, hinter dem Großen Brockhaus steckte? Oder indem er eine Woche lang Tofu anstatt Wurst aß?

Selbst wenn er beides tat – Elkes Wünsche änderten sich täglich, wenn nicht sogar stündlich. War gestern noch »Salz auf unserer Haut« ihre Bibel, konnte sie das Buch heute als Pornographie ablehnen und Schmalenbach als Schmutzfink verdammen, wenn er es las. Ebenso war es mit Tofu: Schmalenbach verzichtete eine Woche lang auf seine Pfälzer Leberwurst und musste sich dann am Samstag bittere Vorwürfe gefallen lassen, weil Elke plötzlich Lust auf etwas Herzhaftes bekam, sich aber im Kühlschrank nur Schinkenpastete auf Sojabasis fand.

Schmalenbach hatte das Gefühl, dass er tun oder lassen konnte, was er wollte – es würde ihm nicht gelingen, Elke eine ganz große Freude zu machen. Warum also sollte er sich noch anstrengen?

»Du weißt doch, dass meine beste Freundin bald Geburtstag hat.«

Gar nichts wusste Schmalenbach. Er wusste nicht einmal, wer Elkes derzeit beste Freundin war.

»Erika möchte diesmal groß feiern. Ich freue mich schon wahnsinnig.«

Am liebsten hätte Schmalenbach jetzt gejubelt: Geh ruhig hin. Entspanne dich mal für einen Abend. Ich kümmere mich derweil um die Kinder. Aber sie hatten ja keine Kinder. Immer wenn man sie brauchte, hatte man keine. Ein Jammer.

»Erika hat schon seit Jahren nicht mehr gefeiert. Deshalb soll es diesmal auch ein Riesenfest werden. Mit allem drum und dran. Büfett. Lifemusik. Und du könntest was lesen. Bittebitte. Erika zuliebe. Sie mag so gerne Prosa.«

»Ich? Wieso ich? Was habe ich mit dieser Erika zu tun?« Schmalenbach wurde es abwechselnd heiß und kalt.

»Du bist natürlich auch eingeladen.«

»Aber wir kennen uns doch gar nicht.« Besser gesagt: Man ging sich aus dem Weg. Erika war nämlich wie alle besten Freundinnen Elkes: vorlaut, unsensibel, dreist und frigide.

Und was das Allerschlimmste war: Sie hatte etwas gegen Schmalenbach. Zumindest vermutete Schmalenbach das aufgrund ihres vorlauten, unsensiblen, dreisten und frigiden Betragens ihm gegenüber.

Schmalenbach hatte keine Lust, einen Abend mit Erika und ähnlich gelagerten Frauen zu verbringen. Wie er den Freundinnen-Kreis um Elke einschätzte, würde zu der ominösen Geburtstagsfeier außer ihm kein einziger Mann erscheinen. Zudem musste man sich bei Erika, der kein

Bier ins Haus kam, einen Abend lang an einem Glas Prosecco festhalten. Von den Sottisen der Gastgeberin ganz zu schweigen.

»Aber Erika ist ein Fan von dir. Sie liest alle deine Werbeslogans.«

Wie man sich doch in einem Menschen täuschen konnte. Vielleicht war Erikas vorlautes Verhalten einfach Unsicherheit gegenüber seinem eloquenten Auftreten, ihre Dreistigkeiten waren Abwehrreaktionen eines sensiblen weiblichen Charakters, der sich nicht ohne Weiteres auf einen starken männlichen Widerpart einlassen konnte. Und unter der Oberfläche der Frigidität versteckte sie die Erregung, in die die sinnliche Erika geriet, wenn sich ihr ein Mann, ein richtiger Mann, näherte.

»Du glaubst ja gar nicht, wie sie sich freuen würde, wenn du an ihrem großen Abend ein oder zwei deiner Gedichte vortragen würdest.«

Ging es nicht um Prosa? Elke nahm es mit den Gattungsdefinitionen eben nicht so genau. Aber ihre Freundin Erika war eine kultivierte Frau, die es zu schätzen wusste, einen Autor unter ihren Gästen zu haben. Warum also sollte er da pingelig sein und jedes ihrer Worte auf die Goldwaage legen? Vielleicht hatte sie das damals gar nicht so gemeint, als sie ihn einen aufgeblasenen Windmacher genannt hatte. Oder als sie behauptet hatte, er habe einen Sprachfehler. Ausgerechnet er, wo er doch seine Sachen so gerne selbst vortrug.

»Und was du mir erst für eine große Freude machen würdest, wenn du zu Erikas Geburtstag kommen würdest. Ich bin doch so stolz auf dich – du liest, und alle meine Freundinnen hören zu. Dann würden sie endlich verstehen, was ich an dir finde, und nicht mehr unentwegt an dir rumnörgeln.«

»Wer tut das?!«, fuhr Schmalenbach hoch.

»Eigentlich niemand. Vor allem nicht Erika. Die verteidigt dich sogar, wenn die anderen ständig über dich herfallen.«

In seiner großen Güte übersah Schmalenbach den feinen Widerspruch in Elkes Rede. Ja, er würde zu Erikas Geburtstag gehen. Elke fiel ihm um den Hals. Sie war ja so glücklich.

»Unter einer Bedingung!«, sagte Schmalenbach. »Während ich lese, darf keine Musik gemacht werden, und es wird auch nicht getanzt.«

Langsam zeigte es sich, dass Elke aus dem jahrelangen Zusammensein mit einer Künstlernatur einiges gelernt hatte. »Ich werde mit Erika reden.«

»Entweder es herrscht vollkommene Stille, oder ich komme nicht!«

»Natürlich. Das ist unsere Bedingung.«

Schmalenbach fand es rührend, dass sie »unsere« gesagt hatte. Deshalb umarmte er seine Elke. Jetzt waren sie beide glücklich. Was machte es schon aus, wenn Schmalenbach sich einen Abend lang mit Prosecco begnügen musste? Er bekam zwar Sodbrennen davon – aber er wurde auch entschädigt: durch die tiefsinnigen und emphatischen Gespräche mit Erika und ihren Gästen über seine Gedichte und seine unnachahmliche Art des Vortrages.

»Meinst du, wir sollten etwas mitbringen?«, fragte Schmalenbach ein paar Tage später.

Elke wirkte geistesabwesend. »Wohin?«

»Zu Erikas Geburtstagsfest. Ich könnte eine Bowle machen. Das mögen deine Freundinnen doch. Oder zwei, drei meiner unnachahmlichen Knoblauchbrote mit Bärlauch.«

»Ach, lass mal! Von Bärlauch bekomme ich Blähungen.«

»Also nur Bowle. Wo bekommt man bloß zu dieser Jahreszeit frischen Waldmeister her?«

Elke schwieg verdächtig lange. »Hast du was?«, fragte Schmalenbach schließlich.

»Erika hat sich entschlossen, etwas kleiner zu feiern.«

»Dann eben nur einen Liter Bowle. Oder meinst du noch weniger?«

»Erika sagt, sie findet ihren Geburtstag nicht mehr so wichtig. Es gibt so viel Wichtigeres. Die Not auf der Welt. Die Gewalt gegen Frauen und ...«

»Also keine Bowle?«

»Am besten ist, du nimmst dir was anderes vor.«

Schmalenbach glaubte, sich verhört zu haben. Da bot er sich geradezu auf dem Tablett an. Bowle und Knoblauchbrote. Mit Bärlauch. »Und was ist mit meinen Gedichten?«

»Erika sagt, Prosa kann sie nicht mehr ertragen.«

»Gedichte sind Lyrik, Prosa sind Romane und so was!«, brüllte Schmalenbach. »Versuche endlich mal, das in deinen Schädel reinzubekommen!«

Elke schaute sehr, sehr traurig. »Kein Wunder, dass Erika lieber ohne dich feiert. Wo du immer gleich so ausfallend wirst.«

»Das wird ja ein netter Abend werden«, höhnte er.

»Es kommt jetzt eine Bauchtänzerin. Die macht mehr her als deine Prosa. Sagt Erika.«

Typisch. Das hatte man von seiner Großzügigkeit. »Wenn diese vorlaute, unsensible, dreiste und frigide Person noch einmal auf die Idee kommen sollte ...«

Elke war empört. »Wie sprichst du denn von meiner besten Freundin?!«

»Deine beste Freundin? Dass ich nicht lache! Ich wundere mich, dass du noch zu diesem ominösen Geburtstagsfest gehen willst ...«

»Erika hat ihre Gründe, wenn sie lieber ohne dich feiert«, erklärte Elke kategorisch. »Und jetzt, wo ich erlebe, wie unverhältnismäßig du reagierst, muss ich sagen: Mir ist es auch lieber so.«

Das Schlimmste war: Schmalenbach konnte mit niemandem über diese Schmach reden. Pfeifenberger verwechselte nämlich auch ständig Prosa mit Lyrik. Und umgekehrt.

LASS UNS FREUNDE SEIN

Elke hatte ein Tief. Sie haderte mit allem. Sogar mit Schmalenbach. »Mal ehrlich: Du bist auch nicht wirklich glücklich«, sagte sie.

Schmalenbach breitete die Arme aus. »Warum nicht? Ich bin gesund.«

»Wann hast du zum letzten Mal die obligatorische Prostatauntersuchung machen lassen?«

Schmalenbach lachte auf. »Prostata? Meine Prostata ist völlig in Ordnung. Ich erspare dir jetzt die Einzelheiten. Aber glaube mir, es gibt ein paar verlässliche Anzeichen dafür, dass ich stolz auf meine Prostata sein kann.«

Elke machte ein säuerliches Gesicht. »Was ist mit deiner Arbeit? Wolltest du nicht immer ein Schriftsteller sein?«

»Ich sitze den ganzen Tag am Schreibtisch und denke mir Sachen aus. In einem festen Arbeitsverhältnis. Grass und Pfeifenberger beneiden mich darum.«

»Wer beneidet schon einen Werbetexter, der Slogans für Tütensuppen dichtet?«

»Jedenfalls bekomme ich Weihnachtsgeld, und meine Texte werden überall gelesen.«

»Was ist mit unserer Beziehung? Wir reden fast nie miteinander ...«

»Und was tun wir gerade, Elke?«

»... und der Sex ist auch nicht mehr wie früher. Wie kannst du in diesem Elend leben?«

Jetzt reichte es Schmalenbach. »Wer, bitteschön, hat den Blues – du oder ich? Ich fühle mich großartig. Ich bin kerngesund, ich sprühe vor guten Einfällen, ich habe Erfolg, man bewundert mich, ich habe eine hübsche und sensible Frau, mit der der Sex Spaß macht ...«

Elke kamen die Tränen. »Es ist alles so ... eingefahren. Manchmal denke ich, ich sollte irgendwo ein ganz neues Leben anfangen.«

»Wo denn? In Offenbach? Oder bei deiner Mutter? Was willst du? Eine Karriere als magersüchtiges Modell machen? Oder die neue Beifahrerin von Jutta Kleinschmidt bei der Rallye Paris-Dakar werden?«

Elke wischte sich die Tränen ab und schnäuzte sich die Nase. »Du willst es nicht wahrhaben. Ist ja auch bequemer so. Aber dann jammere mir bitte nicht die Ohren voll, wenn es zu spät ist! Ich habe dich gewarnt.«

Das klang ernst. Höchste Zeit für Schmalenbach, das Ruder herumzureißen. Also gab er sich tief getroffen: »Elke, wenn du vorhast, mich zu verlassen, dann sag es mir bitte jetzt ins Gesicht! Damit kann ich umgehen. Aber erspare mir eine endlos lange Trennung!«

Nun heulte sie wieder. Alle Schleusen waren offen. »Ich mag dich ja immer noch. Auch wenn du manchmal so hartherzig und oberflächlich bist wie eben. Und lieber bei deinen verkommenen Freunden sitzt als mit mir wertvolle Gespräche zu führen ...«

Dann musste der gute Schmalenbach eben einen Abend die Zähne zusammenbeißen und zu Hause bleiben, um mit Elke über Paartherapien und Ikea-Küchen zu diskutieren. Schon war alles wieder in Butter, und sie vergötterte ihn, wie sie das all die Jahre klaglos getan hatte.

Jetzt nahm sie sogar schon wieder seine Hand. »Du bist mir als Mensch so wichtig …«

Kein Wunder. Er kochte ihr jeden Sonntag ein Frühstücksei und half ihr beim Lösen des Kreuzworträtsels. Er hörte sich ihre Klagen über die Intrigen der Kolleginnen an, und er stimmte ihr sogar zu, wenn sie behauptete, ihre Freundin Carola Pfeifenberger sei gar nicht so hinterlistig und missgünstig, wie allgemein behauptet wurde.

»… aber ich glaube, es wäre gut, wenn wir etwas mehr Distanz zueinander hätten.«

»Distanz? Was soll das denn heißen, Elke?«

»Dass wir nicht so eng aufeinander sitzen müssen. Dass jeder seinen Freiraum hat. Dass man Aktivitäten außerhalb der Beziehung entfalten kann.«

Das taten sie doch. Vor allem Schmalenbach. Es war besser, Elke wusste nicht allzu viel über seine vielfältigen Aktivitäten außerhalb der Beziehung.

Sie drückte seine Hand ganz, ganz fest, und ihre Augen begannen zu glänzen. »Weißt du, was ich mir wünsche? Ich bin sicher, wir könnten ein ganz neues Verhältnis zueinander entwickeln, wenn wir einfach nur noch Freunde wären. Verstehst du, Schmalenbach: Einfach nur noch Freunde. Allerdings gute Freunde. Na, was sagst du dazu?«

Einfach nur noch Freunde? Was bedeutete denn das? Dass sie nicht mehr für ihn kochte? Dann nahm er endlich ab, weil es nicht jeden Abend Nudeln gab. Dass jeder kam und ging, wann er wollte? Dass jeder seine Zeit damit verbrachte, womit er wollte? Ohne zu fragen. Ohne etwas verheimlichen zu müssen. Dass jeder sein Essen im Restaurant selbst bezahlte? Dass jeder Freund nur dann putzte, wenn er es richtig fand? Dass der Müll stehen blieb, bis ein Freund Lust hatte, ihn runterzutragen? Dass kein Freund den anderen dazu zwang, das vorher zu tun? So etwas taten Freunde nämlich nicht. Dass sie nicht gegenseitig an sich herumnörgelten. Irgendwie fand Schmalenbach Gefallen an der Idee – auch wenn er ihre ganze Tragweite noch nicht abschätzen konnte.

»Ich werde mir die Sache durch den Kopf gehen lassen«, verkündete er gnädig. »Vielleicht kann ich mich dazu durchringen. Obwohl es nicht einfach für mich ist. Wo ich doch die Nähe immer so genossen habe.«

»Ich ja auch. Aber wenn wir eine Weile gute Freunde sind, kommt vielleicht auch die Nähe wieder. Vielleicht? Das Ganze ist natürlich ergebnisoffen.«

»Genau«, fand auch Schmalenbach. »Ergebnisoffen. Sonst ist es albern.«

»Ich bin ja so glücklich«, jubelte Elke. »Ich hätte nicht gedacht, dass du zustimmen würdest. Wo du eher ein konservativer Charakter bist.«

»Tjaa«, sagte Schmalenbach. »Du unterschätzt mich. Ich bin durchaus zu unkonventionellen Schritten fähig, wenn ich die Verbesserung sehe.«

Sie wurde wieder ernst. »Und es macht dir auch gar nichts aus, auf den Sex zu verzichten?«

Auf den Sex verzichten? Wie kam sie denn jetzt darauf? »Soll das heißen, du möchtest in Zukunft keinen Sex mehr haben?«

»Das habe ich nicht gesagt«, antwortete Elke. Sie tätschelte beruhigend seine Hand. »Aber doch nicht mit meinem besten Freund. Das wäre doch irgendwie geschmacklos, oder?«

Schmalenbach zog seine Hand weg.

»Was hast du denn?«, fragte sie erzürnt. »Eben warst du noch so begeistert.«

Diese Frau hatte nicht mehr alle Tassen im Schrank. Das klingt jetzt hart. Aber Schmalenbach konnte es nicht anders formulieren. Keinen Sex mehr. Was hatte das Leben dann noch für einen Sinn? Klar, es gab andere Frauen. Aber was sollte er mit denen anfangen, wenn zu Hause im Bett keine Elke auf ihn wartete? Eigentlich war dieser Vorschlag eine Unverschämtheit.

Sie stampfte trotzig auf. »Was ist jetzt? Werden wir Freunde? Ich will eine Antwort!«

Die bekam sie dann auch: »Tut mir leid. Aber ich bin bei der Auswahl meiner Freunde etwas anspruchsvoller als du.«

Das genügte. Sie rannte weinend ins Bad und schloss sich ein.

Nach zwei Stunden war Schmalenbach sich nicht mehr sicher, ob seine Reaktion wirklich so geistesgegenwärtig gewesen war, wie er geglaubt hatte. Er klopfte zaghaft an die Badezimmertür. »Hau ab!«, zischte sie.

»Sieh mal, Elke, dein Vorschlag hat mich gekränkt. Deshalb habe ich so harsch reagiert. Es tut mir leid. Natürlich will ich dich als Freundin, nur ...«

Die Tür wurde aufgerissen. »Nur?!«

Schmalenbach wich erschrocken zurück. »Als Frau bist du mir lieber.«

Sie stemmte die Arme in die Hüften. »Warum denn? Weil du sonst keinen Sex bekommst?«

Das war gemein. Aber diesmal hütete Schmalenbach seine Zunge. »Mir ist gerade eingefallen, dass ich als dein Freund wahrscheinlich nicht mehr jeden Abend in den Genuss deiner unglaublichen Nudelgerichte käme.«

Nun schossen ihr wieder die Tränen in die Augen. Sie musste ihn umarmen. »Und ich dachte schon, es geht dir nur um das Körperliche. Das hätte mich gekränkt.«

Dann landeten sie im Bett. Wie so oft. Nach den Nudeln.

DER ADVENTSKRANZ

Diesmal hatte Schmalenbach einen perfekten Adventskranz gekauft: nicht überladen, aber auch nicht karg, nicht
verstiegen, aber auch nicht plump, nicht sentimental, aber
auch nicht kalt. Ein kleines Kunstwerk mit vier dicken,
roten Kerzen.

In den letzten Jahren hatte es wegen des Adventskranzes öfter Streit gegeben. Angeblich hatte Schmalenbach es
sich zu einfach gemacht. Im Grunde erwartete Elke jeden
Dezember von ihm, dass er den Adventskranz neu erfand.
Und das mit dem nötigen Ernst und einer der Zeit an-
gemessenen Andacht.

Elke hatte sich schon vor Jahren aus pädagogischen
Gründen entschlossen, das eine oder andere aus der Hand
zu geben. Um sich etwas zu entlasten, klar – aber auch um
Schmalenbach eine Möglichkeit der Selbstbestätigung zu
verschaffen. Wie alle Frauen war Elke der gesunden Über-
zeugung, dass die Bewährung bei der Arbeit nicht alles
war, was den Menschen ausmachte.

Deshalb also der alljährliche Tanz um den Adventskranz.

Dieses Jahr nun hatte Schmalenbach nicht nur mit sicherer Hand in dem Meer aus vorweihnachtlichem Rausch-gold-Kitsch den einzigen geschmackvollen Adventskranz gefunden – eine Mischung aus Bauhaus, Art Deco und Philippe Starck. Er hatte auch der Verkäuferin ein zusätz-liches Set roter Kerzen abgeschwatzt – weil eine Kerze auf dem Kranz angeschlagen war. Die Schilderung von Elkes Reaktion auf eine angeschlagene Kerze auf ihrem Ad-ventskranz hatte sie erbleichen lassen. Und das im knall-harten Vorweihnachtsgeschäft.

Schmalenbach fühlte sich als Sieger – ästhetisch und kommerziell. Zu Hause packte er das gute Stück behutsam aus und begann mit der nicht einfachen Montage. Es ge-hörte einiges dazu, einen Adventskranz mit vier Kerzen so herzurichten, dass er Elkes Vorstellungen entsprach.

Schmalenbachs Herz klopfte, als sie nach Hause kam. Noch im Mantel inspizierte sie das Kunstwerk. Dann strahlte sie ihn an und sagte: »Ich wusste doch, dass mehr in dir steckt.« Damit war dieser Advent gerettet.

Beide konnten es kaum erwarten. Als sie dann am drit-ten Dezember die erste Kerze anzünden durften, geschah das Wunder: Sofort waren sie verzaubert. Sie nahmen sich in die Arme und schauten lange auf dieses einfache, war-me, gnadenbringende Licht. »Was wären wir ohne unsere Wurzeln«, seufzte Elke glücklich.

»Ja«, sagte auch Schmalenbach. »Das, was wir in der Kindheit Gutes erfahren haben, hält unsere Seelen bis ins hohe Alter zusammen.« Und er fällte einen Entschluss: Er wollte in diesen Tagen der Vorweihnacht anders leben als sonst. Nicht den schnellen und einfachen Genüssen hin-terherjagen, nicht an kurzen Frauenröcken hängen, sich nicht im Kreise oberflächlicher Freunde mit Alkohol und wohlfeilen gesellschaftspolitischen Visionen betäuben, sich nicht ablenken von dem, worum es wirklich ging: Von der Gnade, die ihm trotz seiner stadtbekannten Unzulänglichkeiten zuteil wurde durch das Weihnachtsfest, das Fest der Besinnung, der inneren Ruhe und des Friedens.

Also würde er zu Hause bleiben, Elkes köstliche Plätzchen knabbern, Äpfel im Backofen backen, Kantaten hören und schweigen.

Schmalenbach hatte eine CD eingelegt, das Licht gelöscht und die erste Kerze des Adventskranzes angezündet – und Elke fehlte. Schmalenbach schaute auf die Uhr. Schon nach acht. Eigentlich müsste sie lange zu Hause sein. Elke trieb sich doch im Advent nicht nachts in der Stadt herum. Schmalenbach machte sich Sorgen.

Irgendwie erschien ihm die Atmosphäre ohne Elke plötzlich kalt und finster. Also zündete er die zweite Kerze auf dem Adventskranz an. Schon besser. Aber immer noch nicht wirklich heimelig. Da zündete er die dritte Kerze an. Das schuf ein wärmeres, wohligeres Gefühl. Warum nicht gleich die vierte Kerze auch anzünden? Das sah besser aus als dieses unsymmetrische Geflacker.

Jetzt, wo alle vier Kerzen brannten und der Kranz in seiner ganzen Pracht erstrahlte wie am Ende der Adventszeit, fehlte Elke gar nicht mehr so sehr. Schmalenbach stellte die Musik lauter. Bach. Der Choral »Nun machet voran, dass euch die Zeit nicht davonläuft«. Schmalenbachs Lieblingschoral. Diesmal sang er laut mit.

Schmalenbach erlebte die vier Adventswochen im Zeitraffer. Die Einkehr. Die Buße. Die Läuterung. Die Erfüllung. Es war wie eine große Tragödie im Puppenhaus. Was für eine Wucht. Und so wahrhaftig. Nichts Vermitteltes.

Keine Medien, die die Gefühle auf ihr Format zurechtpressten. Nur klare, unhintergehbare Größen. Gott. Bach. Der Adventskranz. Das war wirkliche Größe. Keine Surrogate. Echte Leidenschaften, die man nie wieder vergaß.

Draußen drehte sich der Schlüssel in der Tür. Zweiundzwanzig Uhr. Na fein. Und das am vierten Advent. Dabei tat sie immer so gefühlig.

Schmalenbach trat ihr im Flur entgegen. »Wo kommst du jetzt her?!«

Elke war deutlich angesäuselt. »Das weißt du doch: Wir hatten heute unsere Weihnachtsfeier.« Sie kicherte. »Meine Kollegin Bärbel saß auf dem Schoß unseres Personalchefs und hat ihm Eierlikör eingeflößt, obwohl er Bundesvorsitzender der Veganer-Liga ist.«

So konnte man natürlich auch den Advent begehen. Schmalenbach schüttelte sich bei dem Gedanken, dass er früher auch zu solchen Feiern gegangen war.

»Und du? Was hast du gemacht?«, fragte Elke und ging ins Wohnzimmer.

Sie erstarrte. »Was ist das denn?!«

Schmalenbach klang feierlich. »Elke, ich hatte einen sehr ungewöhnlichen Abend.«

Elke wurde rot vor Wut. »Was fällt dir ein, alle vier Kerzen anzuzünden? Wir haben nicht mal den zweiten Advent!«

Sie rannte zum Tisch und blies hastig alle Kerzen aus. Sie hustete und musste sich setzen. Die Stimmung war dahin. Allein war es viel besinnlicher, dachte Schmalenbach.

»Man kann dich keinen Augenblick allein lassen«, schimpfte Elke, während sie ihre Schuhe auszog. »Wie ein kleines Kind, das mit Streichhölzern spielt.«

»Es war etwas Mentales. Ich kann nur sagen: Es hat mich verändert.«

»Was hast du getrunken?«

»Gar nichts. Ich war einfach nur konzentriert. Auf mich. Auf das Sein. Auf den Advent.«

»Weihnachten kannst du vergessen. Das Fest ist verdorben, wenn man schon am fünften Dezember alle vier Kerzen angezündet hat.«

»Du tust ja gerade so, als sei das ein Verbrechen. Im Übrigen habe ich vier Ersatzkerzen.«

Elke begann zu weinen. »Ersatzkerzen? Was für ein Hohn! Du hast alles zerstört.«

Schmalenbach war ein Mensch mit Geduld, aber irgendwann war Schluss. Er schlüpfte in seinen Mantel und verließ die Wohnung.

Die Freunde waren in bester Stimmung. Sie tranken seit Stunden und sangen kubanische Revolutionslieder. Ab und zu erzählte einer einen besonders schmutzigen Witz. Da tat sich natürlich Freund Pfeifenberger hervor.

Schmalenbach fühlte sich sofort wohl. Irgendwann wollte er selbst etwas zur allgemeinen Erheiterung beitragen. »Ihr glaubt ja nicht, was heute passiert ist. Elke kommt nach Hause, geht ins Wohnzimmer, sieht den Adventskranz – und bekommt einen hysterischen Anfall.«

Die Freunde bogen sich vor Lachen. Offensichtlich kannte man das Phänomen. Nur Germersheimer fragte: »Aber warum denn?«

»Weil ich alle vier Kerzen auf einmal angezündet hatte.« Schmalenbach prustete los.

Die anderen starrten ihn schweigend an. Es herrschte Totenstille. Einige standen auf und wechselten den Tisch.

Pfeifenberger schüttelte den Kopf und sagte: »Irgendwo hört der Spaß auf.« Der Abend war gelaufen.

Schmalenbach versuchte noch den Wirt auf ein Bier einzuladen – der aber lehnte ab. Also ging Schmalenbach in die Nacht hinein. Jetzt begannen die düsteren Tage. Advent eben.

DAS WORT

»Schmalenbach, wir müssen etwas bereden«, sagte Elke kürzlich.

Sie mussten alle nasenlang etwas bereden. Manche Frauen können nicht sein, wenn sie nicht unentwegt mit ihrem Partner Sachen bereden, die viel besser klappen, wenn man nicht darüber redet.

»Diesmal ist es ernst«, sagte Elke und guckte auch so.

Eigentlich war es immer ernst, das war ja das Schlimme. Bei Elke gab es keine Unterschiede zwischen einer Debatte über die richtige Soße zu den Rigatoni und über ihre Angst vor dem Alter. Beides wurde mit Inbrunst verhandelt, und wenn Schmalenbach auch nur die Spur einer Ermüdung zeigte, blühten ihm Sanktionen gastronomischer oder sexueller Art.

»Es fällt mir nicht leicht, mit dir darüber zu reden.« Elke schlug die Augen nieder, sie war verlegen. Wirklich verlegen.

Schmalenbach hätte hüpfen können vor Vergnügen: Wann kam es schon mal vor, dass Elke verlegen war? So gut wie nie. Dabei hatte er doch gar nichts getan. Er war nur ruhig geblieben und hatte trotz der sich abzeichnenden Gefahr Souveränität bewiesen. Aber das genügte, um selbst eine so knallharte Frau wie Elke aus dem Konzept zu bringen.

»Sprich einfach!«, ermunterte Schmalenbach sie. »Du weißt ja, ich höre dir zu.«

Sie nahm seine Hand. Rührend, dieser schutzbedürftige Augenaufschlag. »Es ist ... Es geht um Sex.«

Aha. Das machte die Sache nicht einfacher. Aber Schmalenbach würde auch dieses Gespräch mit Würde überstehen.

»Ich muss dir etwas gestehen: Ich kann es einfach nicht mehr hören.«

Schmalenbach hatte eine himmlische Geduld. Aber er hatte nicht alle Zeit der Welt. Immerhin wartete Pfeifenberger auf ihn. »Was kannst du nicht mehr hören, mein Schatz?«

»Dieses Wort.« Sie ließ seine Hand los wie ein Stück glühende Kohle. »Bitte erwarte nicht, dass ich es in den Mund nehme! Ich würde sterben vor Scham.«

»Aber wie soll ich wissen, was dich quält, wenn du dich weigerst, es auszusprechen?«

Solchen Argumenten konnte selbst Elke sich nicht verschließen. »Ich weiß, dass es auch für dich nicht einfach ist, über das alles so offen zu reden. Aber es muss sein: Ich kann nicht mehr. Wenn ich dieses schreckliche Wort höre, würde ich vor lauter Widerwillen am liebsten wegrennen. Verstehst du das ein bisschen?«

Er traute sich wieder, ihre Hand zu nehmen. »Ich weiß doch, wie es in dir aussieht. Aber wenn du möchtest, dass ich dir helfe, müsstest du mir dieses schlimme Wort schon sagen ...«

Nun entriss sie ihm wütend ihre Hand. »Es macht dir also Spaß. Du genießt es, mich so leiden zu sehen. Jetzt verlangst du sogar, dass ich dieses fürchterliche Wort in den Mund nehme. Manchmal bist du richtig billig. Ja, billig!«

Langsam wurde es Schmalenbach zu viel. »Wenn du mir nicht sagen willst, welches Wort du meinst, kann ich auch nicht versprechen, es nie wieder zu benutzen ...«

Elke war durcheinander. »Nun quäl mich doch nicht so! Du kannst es dir doch denken. Es ist dieses Wort, das du immer benutzt – für den Sex.« Wieder schlug sie die Augen nieder.

So lief also der Hase. »Aber ich benutze dafür verschiedene Worte, mein Schatz.«

»Es ist dieses drastische Wort, das man auch manchmal in schlechten Filmen hört.«

Schmalenbach fand das Wort gar nicht so schlimm. Er hatte sich eben daran gewöhnt. Er benutzte es auch den Freunden gegenüber. Bisher hatte sich von denen noch keiner beschwert. Wäre ja auch ein Wunder: Bei dem Vokabular, das in sexuellen Belangen unter ihnen üblich war, gehörte Schmalenbachs Wort noch zu den sensibleren Lösungen.

»Hast du denn einen Ersatz für das Wort?«, fragte er Elke.

»Wie bitte?«

»Na ja, irgendein Wort brauche ich dafür. Auch wenn wir es immer seltener tun – ich muss mich ja verständlich machen können, wenn ich dich fragen will, ob du Lust dazu hast.«

Das sah Elke ein. Sie dachte angestrengt nach. »Bei dir

klingt es entweder roh oder kindisch. Dabei gibt es so schöne Worte dafür. Die Literatur ist voll davon.«

»Zum Beispiel?«

Elke wurde ungehalten. »Nun soll ich dir auch noch das richtige Wort dafür suchen. Kannst du denn nichts selbst machen?«

Schmalenbach blieb ganz ruhig. Er bestand nur darauf, dass sie auch ihren Teil der Abmachung erfüllte. »Elke, vergiss bitte nicht: Du hast damit angefangen. Nun tu auch etwas dafür, dass es in dieser Hinsicht bei uns besser klappt!«

»*Liebe machen* ist doch eine nette Formulierung, oder?«

»Etwas umständlich. Ich mag es lieber in einem kurzen und aussagekräftigen Verb. Ich meine, wir sind keine zwanzig mehr. Und wir wollen, wenn wir uns schon mal dazu durchgerungen haben, es zu tun, nicht unnötig Zeit mit komplizierten sprachlichen Konstruktionen verlieren, oder?«

Das sah sie ein, sie war eben ein praktischer Mensch. »Dann ist *zusammen ins Bett gehen* wahrscheinlich auch zu lang, was?«

»Nicht nur das. Es ist auch zu profan. Du würdest selbst nicht wollen, dass wir so uninspiriert darüber reden.«

»Und einfach *schlafen*. Das klingt romantisch: *Schlaf mit mir!*«

Doch Schmalenbach war in sprachlichen Dingen sensibel. Ihm erschien auch diese Formulierung zu ungenau. »Je länger ich drüber nachdenke, desto klarer wird mir, wie unreflektiert wir bisher in diesem wichtigen Bereich agiert haben«, erklärte er. »Zur Not müssen wir ein neues Wort erfinden.«

Doch Elke zierte sich. »Man kommt ja auch mal in die

Verlegenheit, Dritten gegenüber von dieser Sache reden zu müssen. Stell dir vor, dann benutzt man aus Versehen unser Wort! Im Nu wird man schief angesehen. Im Übrigen wäre es auch dir gegenüber nicht fair, wenn ich unser Wort Dritten gegenüber gebrauchen würde.«

Jetzt befiel Schmalenbach ein quälendes Unbehagen. »Dritten gegenüber? Welchen Dritten gegenüber? Möchtest du etwa fremdgehen? Mit unserem Wort?«

Elke erschrak. »Nein. Natürlich nicht. Aber ich rede doch mit meinen Freundinnen darüber.«

»Aha. Und welches Wort benutzt ihr dafür?«

Elke hielt erst damit hinterm Berg – aber Schmalenbach gab nicht nach, bis sie gestand. »Carola und ich – wir sagen meistens *miteinander verkehren*.«

»*Miteinander verkehren*?« Schmalenbach schüttelte sich. »Du sagst *miteinander verkehren*, wenn du mit Carola Pfeifenberger über Sex sprichst? Ehrlich gesagt: Damit komme ich gar nicht klar. Das klingt so nach Auffahrunfall und Blechschaden.«

Elke war rot geworden. »Bitte, sag Pfeifenberger nichts davon!«

»Um Gottes willen: Der bringt es fertig und macht es öffentlich. Dann könnt ihr euch nirgendwo mehr sehen lassen. Du und deine feine Carola.«

Elke grübelte eine Weile. Dann fasste sie sich ein Herz: »Warum tun wir es nicht einfach, anstatt unentwegt darüber zu reden?«

Doch so leicht nahm Schmalenbach die Sache nicht. »Es widerspricht meinem aufgeklärten Selbstverständnis, etwas zu tun, wofür ich keinen Begriff habe. Ehrlich gesagt: Ich könnte es auch nicht.«

Elke stampfte trotzig mit dem Fuß auf den Boden. »Auch wenn wir uns nicht auf ein passendes Wort einigen können – wir können ja deshalb nicht damit aufhören.«

»Gut, dann tun wir es jetzt. Aber dann benutze ich auch das Wort dafür, das ich gewohnt bin. Komm, Elke lass uns mal wieder ...«

»Untersteh dich!«

»... aber was ist so schlimm daran, mal wieder richtig zu ...«

Elke schloss ihm den Mund mit einem Kuss.

Als es vorbei war, lagen sie lange still nebeneinander. Bis Schmalenbach fragte: »Und was haben wir jetzt getan?«

»*Es*. Wir haben *es* getan«, gurrte Elke wohlig.

»Da ist ja *flachlegen* origineller«, sagte Schmalenbach.

Elke fuhr hoch. »Mit mir nicht!« Sie schwebte hinaus.

Schmalenbach seufzte. In Zukunft würde es noch schwerer werden.

AUCH FLIEGEN HABEN IHREN STOLZ

Mit Haustieren ist es so eine Sache. Man staunt erst über den Einbruch der Natur in die häusliche Welt, die ja durchweg synthetisch ist. Aber so ein Tierchen wird schnell zur echten Bereicherung. Man spürt, wie vereinzelt man doch lebt – selbst wenn man zu zweit ist. Der Mensch braucht eben das Tier neben sich, um die Größe und die Vielfalt der Schöpfung zu erahnen. Er entdeckt im Tier sein ursprüngliches Selbst, ein Selbst, das er aus beruflichen und privaten Gründen weitgehend unterdrückt hat.

Insofern ist ein Haustier auch ein Lernprozess: Der Mensch kommt gar nicht mehr auf die Idee, sich wie Pfeifenberger als Nonplusultra der Evolution zu verstehen, wenn er neben sich so ein einfaches und selbstgenügsames Wesen hat, das doch im Einklang mit sich und dem Sein lebt.

Allerdings hält diese stille Ehrfurcht nicht lange vor. Haustiere haben wenig Respekt vor dem, was ihren Gastgebern lieb und wert ist. Sie fläzen sich auf dem teuren Sofa und hinterlassen überall Haare. Sie benutzen keine Toilette. Sie kratzen an den Tapeten. Sie legen ihre Pfoten auf die Tischkante und schlecken aus Schalen und Schüsseln, ohne sich um Tischmanieren zu kümmern. Deshalb waren Schmalenbach und Elke eigentlich gegen Haustiere.

»Mal ganz abgesehen davon, dass ich es herzlos finde, einen Hund oder eine Katze ins Heim zu geben, wenn man im Sommer nach Mallorca will«, sagte Elke oft – und Schmalenbach war ihr dankbar, dass sie eine menschliche Formel für seine grundsätzliche Abneigung vor zu viel ungebändigter Natur in seiner Wohnung gefunden hatte.

Dann war eines Tages Puck da. Puck war eine Fliege. Sie summte herum und krabbelte über die Gardine. Da sie ansonsten nicht aufdringlich war, durfte Puck bleiben. »Das ist jetzt unser Haustier«, sagte Elke. »Im Sommer ist Puck sowieso tot, und wir können beruhigt nach Mallorca fliegen.«

Schmalenbach war erleichtert, dass Elke ihn nicht zwang, mit einer zusammengerollten Zeitung hinter Puck herzujagen und das Tier zur Strecke zu bringen. Nicht nur, dass er die blutigen Überreste eklig fand, er war auch nicht der Typ für solche Exekutionen. Er ließ der Natur gerne ihr Recht, so wie sie das mit ihm ja auch tat – zumindest bisher.

Doch dann kam der Tag, an dem Puck bösartig wurde. Schlagartig. Wie durch einen Gendefekt. Wahrscheinlich war sie in ihrer Jugend zu nahe an Röntgengeräte oder an eine Handyantenne gekommen. Wie auch immer: Schmalenbach sah keinen Grund mehr, aus Achtung vor der Natur Nachsicht mit dem unartigen Vieh zu üben. Gendefekte waren ja nichts Natürliches, sie waren eine Abweichung von der Normalität.

Schmalenbach ging vor allem das Brummen auf die Nerven, das immer tiefer und intensiver wurde, je besser

Puck gemästet wurde. Und da Schmalenbach und Elke gut lebten, lebte auch Puck gut – und wurde immer dicker und fetter und lauter.

Nachdem sie schon die halbe Nacht lang im Schlafzimmer herumgetobt hatte, stürzte die Fliege sich beim Frühstück in die wachsweiche Butter. Da Puck längst das übliche Gewicht einer gut trainierten Fliege überschritten hatte, versank das Insekt mit seinen Mundwerkzeugen in der weichen Masse und hinterließ beim verzweifelten Versuch, Halt zu finden, eine Schleifspur. »Von der Butter esse ich nichts mehr«, gab Elke bekannt. »Es ist höchste Zeit, dass du das Vieh totschlägst.«

Also stand Schmalenbach auf, holte sich das Geschirrtuch und jagte Puck ins Wohnzimmer. Vielleicht stirbt das gemästete Vieh ja schon auf der Flucht an Herzinfarkt, hoffte er.

Aber es kam anders. Puck gewann trotz Übergewicht an Höhe, geriet so außerhalb der Reichweite von Schmalenbach, aber auch in einen segensreichen Durchzug, der das plumpe Wesen wie eine Bettfeder durch ein geöffnetes Oberlicht hinauswehte. In die Freiheit. In die feindliche Welt. In die darwinistische Knochenmühle. Dort würde die Fliege, so wie sie gehätschelt worden war, keine zehn Minuten am Leben bleiben. Aber das war nicht mehr Schmalenbachs Problem. Hauptsache, er hatte sich um die unangenehme Pflicht drücken können, Puck zu zermalmen und dabei das schreckliche Geräusch knackenden Chinins ertragen zu müssen.

»Geschafft«, sagte er. Elke hatte die geschändete Butter schon entsorgt, und Schmalenbach musste sein Brötchen trocken essen.

Dann war da ein eigenartiges Brummen. Diesmal im Schlafzimmer. Elke kreischte. »Irgendwo muss ein Nest sein. Jetzt kriechen diese Drecksbiester schon in unserer Bettwäsche herum. Wenn du nicht endlich etwas tust, schlafe ich die nächsten Tage bei meiner Freundin Iris.«

Da Schmalenbach keine Iris kannte, machte er sich besser wieder auf die Jagd. Diese Fliege war nicht dünner als Puck, aber sehr viel dümmer. Es dauerte eine Weile, bis er es geschafft hatte, das Insekt in den Durchzug zu manövrieren, und es ebenso wie sein Vorgänger durchs Oberlicht in die harte Realität entschwand.

Schmalenbach hoffte, endlich Ruhe vor der Natur zu finden. Doch am gleichen Tag brummte etwas in der Kloschüssel – ausgerechnet in dem Moment, als Elke darauf Platz genommen hatte. Das Geschrei, das dann anhub, kann man sich nicht vorstellen.

Diesmal war der Weg zum Oberlicht noch weiter. Schmalenbach musste das respektlose Vieh quer durch die Wohnung jagen, es ging dabei eine Vase zu Bruch. Dann war auch die dritte Fliege in die hoffentlich tödliche Freiheit entlassen.

Elke sagte: »Weißt du, was ich glaube: Dass das jedes Mal dasselbe Vieh ist.«

»Du meinst, Puck hat den Weg nach Hause gefunden?«, fragte Schmalenbach gerührt.

»Du bist ein Weichei, Schmalenbach. Ein anderer Mann hätte schon beim ersten Mal kurzen Prozess gemacht und die Mücke totgeschlagen. Du aber musst aus einer dämlichen Sentimentalität heraus das Insekt auch noch zum Fenster tragen, damit es gleich an einer anderen Stelle wieder in unsere Wohnung eindringen kann. Ich bestehe darauf, dass du wie ein Mann handelst und nicht wie ein verblödeter Insektenforscher!«

Schmalenbach war durcheinander. Wenn das Tierchen immer wieder einen Weg fand, zu ihnen beiden zurückzukommen, bedeutete das doch, dass Puck mehr war als eine dumme Fliege. »Rührt dich denn das gar nicht – diese Anziehungskraft der Geschöpfe? Obwohl wir so unterschiedlich sind, scheinen wir doch zusammenzugehören.«

»Wen meinst du – uns beide?«

»Nein. Den Menschen und das Insekt. Beide Geschöpfe verbindet doch etwas. Wir gehören zum Sein, sind beide lebende Individuen. Ich bin mir sicher, dass sich unser genetischer Code von dem Code von Puck nur minimal unterscheidet.«

»Deiner vielleicht. Meiner nicht.«

»Ach, Elke, spürst du nicht, dass das ein Hinweis darauf ist, dass wir alle füreinander Verantwortung tragen?«

Doch Elke schaute sehr entschlossen. »Das nächste Mal machst du sie platt, ist das klar?!«

Schmalenbach hoffte, dass es kein nächstes Mal gab. Oder dass Puck, wenn sie denn wieder ihren Weg nach Hause finden sollte, sich ruhig verhielt und Elke nicht noch mehr reizte.

Doch Puck kam nicht mehr. Auch Fliegen haben ihren Stolz.

»Es ist sehr still geworden, seit Puck weg ist«, sagte Schmalenbach.

Elke schaute irritiert von ihrer Lektüre auf. »Möchtest du vielleicht, dass wir uns ein Meerschweinchen zulegen? Dann bringst du es aber zum Einschläfern, wenn wir im Sommer nach Mallorca fliegen.«

Frauen haben eben kein Gespür für die großen Züge der Evolution, dachte Schmalenbach noch. Und er nahm sich fest vor, sich einen Bernhardiner anzuschaffen. Aber erst dann, wenn Elke mal nicht mehr war.

DER TOD

Manchmal überfiel Elke Schmalenbach geradezu. Zum Beispiel kürzlich. »Hast du eigentlich alles für den Fall deines Todes geregelt?«

Schmalenbach war erst einmal platt.

»Du bist keine zwanzig mehr«, fuhr sie fort.

»Du auch nicht.« Vielleicht hätte er das nicht sagen sollen. Elke machte die Sache nämlich zu einer Haupt- und Staatsaktion: »Ich darf gar nicht daran denken, was mich alles erwartet. Dabei sind wir nicht einmal verheiratet.«

»Meinst du, wenn wir verheiratet wären, würde ich länger leben?«

Bei Elke bewirkte man mit solchen Suggestivfragen nichts. Oder noch schlimmer: das Gegenteil. »Ich zum Beispiel möchte eine Seebestattung«, erklärte sie nun entschlossen.

Danach herrschte langes Schweigen.

»Eine Seebestattung. Aha. Und was versprichst du dir davon?«

Auch das war keine kluge Wendung des Gespräches. »Und was versprichst du dir davon, dass du alles laufen lässt?«, fauchte sie. »Dass du irgendwo auf dem Gehweg des Hauptfriedhofes eingeebnet wirst, weil niemand sich für dich verantwortlich fühlt – außer deiner Mutter? Und die hört das Telefon nicht oder geht nicht ran, selbst wenn es der Oberbürgermeister der Stadt Frankfurt wäre.«

Schmalenbach konnte Elke ja schlecht sagen, dass er auch mit dieser Lösung zufrieden wäre. Was sollte er sich den Kopf zerbrechen über den Verbleib seiner sterblichen Hülle? Die meisten Religionen messen dem Körperlichen nach dem Hinscheiden wenig Bedeutung bei. Schmalenbach als weitgehend gefestigter Agnostiker sah jedenfalls keinen Anlass, sich jetzt schon um die Modalitäten seiner Bestattung zu kümmern. In seinem Alter. Er stand in der Blüte seiner Jahre.

»Ich verstehe dich nicht«, leierte Elke. »So nachlässig mit dem Tod umzugehen. In deinem Alter. Du stehst im Herbst des Lebens.«

Schmalenbach lachte glockenhell und falsch. »Der eine sagt, die Flasche ist halb leer, der andere sagt, sie ist halb voll.«

»Es ist typisch für dich, dass du selbst in diesem Zusammenhang an Alkohol denkst.«

»Ich habe nicht gesagt, sie ist halb voll mit Grappa oder mit Chardonnay. Ich habe ganz neutral von einer Flasche gesprochen«, protestierte Schmalenbach.

»Ich glaube, du hast schon richtig assoziiert. Das Unterbewusstsein ist ehrlicher als das Bewusstsein. Und dein Unterbewusstsein sagt dir, dass du nicht mehr lange zu leben hast – angesichts des Alkoholkonsums, auf den du dich eingepegelt hast.«

Das war gemein. Wo Elke doch auch gerne ein, zwei Gläser Wein am Abend trank. Aber Schmalenbach dachte nicht daran, auf diese Provokation einzugehen. Letzten Endes wollte sie etwas von ihm – und nicht umgekehrt.

Seine stoische Haltung zeigte schnell Wirkung. Elke fing an zu schniefen. »Ich habe doch nichts in der Hand. Rein gar nichts. Ich darf dich nicht einmal im Krankenhaus besuchen, wenn du im Koma liegst.«

»Wenn ich im Koma liege, ist es mir egal, ob ich Besuch bekomme oder nicht«, sagte er mutig. Sicher, das war etwas dickfellig – und Elke brach nun in Tränen aus. Aber warum manövrierte sie Schmalenbach in diese peinliche Situation? Wenn jemand nicht ständig an seinen Tod denken will, sollte man ihn eben in Ruhe lassen.

»Da wir nicht verheiratet sind, kann ich nicht einmal verfügen, was mit dir zu geschehen hat«, sagte sie nun trotzig.

Nun wurde es Schmalenbach erst recht mulmig. »Was willst du denn verfügen?«

»Zum Beispiel, dass alle lebenserhaltenden Maßnahmen zu unterbleiben haben.«

Schmalenbach bekam einen gehörigen Schreck. »Wie bitte?!«

»Wer schützt dich denn davor, mit Hilfe einer überzüchteten Apparatemedizin gegen deinen Willen endlos lange am Leben erhalten zu werden? Also ich kann dir jetzt schon sagen: Ich würde das in meinem Fall nicht wollen. Versprichst du mir, dass du die Ärzte auffordern wirst, die Maschinen abzustellen und mich sanft entschlafen zu lassen, wenn keine Hoffnung mehr besteht, dass ich ein menschenwürdiges Leben führen kann?«

Natürlich versprach er das hoch und heilig. Wenn es ihr half, besser zu schlafen, war er zu jedem Versprechen bereit. Allerdings beschlich ihn ein höchst unangenehmes Gefühl, wenn er daran dachte, dass Elke sich im Ernstfall an sein Krankenbett drängeln und den Ärzten die Hölle heißmachen könnte. Schmalenbach wollte auf keinen Fall, dass es in Elkes Ermessen lag, wie lange die Medizin ihn am Leben erhielt. Er sah sich schon nach einer Blinddarmoperation ohne feste und flüssige Nahrung elend zugrunde gehen. Nur weil Elke etwas falsch verstanden hatte oder allzu leichtfertig den Ratschlägen ihrer zahlreichen Freundinnen folgte.

»Du hast ja recht«, sagte er nach langem Grübeln. »Ich werde eine Verfügung hinterlegen, in der alles geregelt sein wird.«

Elke fiel ihm um den Hals. Sie sagte, sie sei sehr, sehr glücklich und erst jetzt könnte sie das Glück der letzten Jahre mit ihm in vollen Zügen genießen. Allerdings fand sie es einfacher, wenn sie eine Verfügung bei der Krankenkasse abholte, die er dann nur noch unterschreiben müsste.

»Ich erledige solche Sachen lieber selbst. Es wäre unter meiner Würde als Werbetexter, eine vorgefertigte Patientenverfügung zu unterschreiben.«

Elke war ganz süß. Sie sagte, sie respektiere natürlich seinen Willen in dieser Angelegenheit und werde sich nicht weiter einmischen. Er müsse ihr nur mitteilen, wo er die Verfügung aufbewahrt, damit sie im Ernstfall alles Nötige in die Wege leiten könnte.

»Und was ist, wenn du vor mir stirbst?«, fragte Schmalenbach.

Jetzt lachte Elke glockenhell und falsch. »Ich bitte dich: Mein Lebensstil ist gesund und optimistisch. Ich werde leicht neunzig. Du aber wirst nicht mal siebzig, wenn du dich nicht endlich von diesem schrecklichen Pfeifenberger trennst und die obligatorische Prostatavorsorge machst.«

»Trotzdem. Manchmal entscheidet das Schicksal nicht nach dem Lebenswandel. Vielleicht bist du längst tot, wenn ich sterbe ...«

Elke dachte kurz nach und gab denn eine bemerkenswerte Erklärung ab: »Dann hat sich das Problem sowieso erledigt. Wenn ich tot bin, kann ich mich auch nicht mehr grämen, weil du nichts geregelt hast.«

»Dann wäre es dir also egal, was sie auf der Intensivstation mit mir anstellen?«, fragte Schmalenbach hart.

»Zumindest würde ich nicht mehr zugrunde gehen vor Mitleid – und ich müsste vor allem nicht jedes Wochenende den langen Weg in irgendein Großklinikum auf mich nehmen.«

Das rüttelte Schmalenbach auf: Es ging ihr gar nicht um ihn. Es ging nur um sie. Dafür sollte er eine Verfügung ausstellen. Wie erbärmlich.

»Ich hab's mir überlegt. Ich möchte auch eine Seebestattung«, erklärte er trotzig.

»Das geht leider nicht mehr, mein Schatz.«

»Und warum nicht?«

»Weil ich für mich schon eine Seebestattung verfügt habe.«

»Ja und? Möchtest du nicht, dass deine Asche im gleichen Ozean schwimmt wie meine?«

»Quatsch. Der Verdünnungsgrad ist so hoch – das ist nicht mal mehr homöopathisch. Nein, es geht um etwas anderes, Schmalenbach: Du weißt offensichtlich nicht, was so eine Seebestattung kostet. Zwei davon können wir uns einfach nicht leisten.«

Damit war das letzte Wort gesprochen. Vor ökonomischen Argumenten musste auch der Tod kapitulieren.

»Vielleicht vermache ich meinen Körper der Forschung – oder Gunther von Hagens. Dann käme noch etwas Geld in die Haushaltskasse für deine Seebestattung.« Das war natürlich nicht ernst gemeint, Schmalenbach wollte Elke mit seiner Selbstlosigkeit in Verlegenheit bringen.

Doch die war begeistert: »Bei von Hagens kämst du vielleicht sogar in die Kunsthalle. Und meine Freundinnen wären krank vor Neid.«

JOSIE

Der Kaffee machte Schmalenbach geschwätzig. »Wir hatten gestern Abend ein interessantes Gespräch«, berichtete er.

Elke schaute von der Börsenseite der Tageszeitung auf und musterte ihn mitleidig.

»Doch, doch!«, bekräftigte Schmalenbach. »Auch wenn du es nicht für möglich hältst – aber im ›Promi‹ entspinnen sich bisweilen durchaus packende Diskussionen.«

Elke biss in ihr Marmeladenbrötchen, schaute auf die Uhr, seufzte und fuhr mit dem Zeigefinger über die absteigende Dax-Kurve.

Schmalenbach lächelte still. »Es ging ausnahmsweise mal um euch. Um die Frauen. Das wird dich sicher interessieren.«

Elke machte ein gequältes Gesicht. »BASF auf dreiundvierzig Euro. Eine Schande ist das. Unser sauer erspartes Geld schmilzt wie Himbeereis in der Sonne. Nur weil du Chemie kaufen musstest.«

Schmalenbach nahm einen neuen Anlauf. »Pfeifenberger hat da eine These vertreten, der man nur schwer widersprechen kann ...«

Elke schaute durch ihn hindurch. »Vielleicht hättest du doch besser Deutsche Bank kaufen sollen. Aber die ist ja auch längst nicht mehr auf einhundertzwanzig Euro ...«

»Pfeifenberger behauptet nämlich, dass die Frauen ...«

»Welcher Pfeifenberger?«, fragte Elke abwesend und machte sich eine Notiz.

Schmalenbach verschluckte sich am Kaffee. Er hustete und suchte vergebens nach einer Serviette. »Welcher Pfeifenberger? DER PFEIFENBERGER. Es gibt nur einen. Was ist bloß mit dir los, Elke?!«

Elke sprang auf und ging zum Kalender. »Heute ist Mittwoch. Du weißt, was das heißt?«

Schmalenbach kam ins Trudeln. »Mittwoch? Vielleicht ... unser Hochzeitstag? Nein, der war ja sonntags ...«

Elke wurde ungehalten. »Mittwochs kommt Josie!«

»Ach, ja, stimmt: Mittwochs kommt Josie. Hab ich völlig verschwitzt. Um auf das interessante Gespräch von gestern Abend zurückzukommen: Behauptet Pfeifenberger doch wirklich, die Frauen hätten längst ...«

Elke stemmte die Arme in die Hüften und legte den Kopf in den Nacken. »Du weißt nicht, wer Josie ist, stimmt's?!«

Schmalenbach trank aus Verlegenheit seine Tasse Kaffee in einem Zug aus und begann sich ein weiteres Brötchen zu schmieren, obwohl er längst satt war.

»Du quatschst mich morgens in aller Frühe mit irgendwelchen Suff-Gesprächen voll, aber du verschwendest keinen Gedanken auf die wirklich wichtigen Dinge ...«

Schmalenbach wehrte sich mit vollem Mund: »Aber ich sagte doch, diese These von Pfeifenberger ...«

Elkes Augenbrauen zogen sich bedrohlich zusammen. »Josie bringt uns die Kartoffeln – und du schwafelst von diesem Pfeifenberger. Wie oft habe ich dich schon gebeten, mittwochs darauf zu achten? Mittwochs kommt Josie, habe ich immer wieder gesagt. Du bist mittwochs früher zu Hause, und für dich wäre es ein Leichtes, mittwochs bei Josie die Kartoffeln zu kaufen, die wir die Woche über brauchen ...«

»Aber wir essen doch meistens Nudeln«, warf Schmalenbach zaghaft ein.

»Jeder Haushalt braucht Kartoffeln, du Simpel!«, fuhr Elke ihn an. »Auch die, die nur Nudeln essen.«

»Mir ist das unangenehm. An diesen Straßenverkaufswagen stehen doch immer alle Hausfrauen der Gegend. Als Mann fühlt man sich da so – deplatziert. Und diese Marktfrauen machen geschmacklose Witze auf Kosten der Männer, um sich bei den Nachbarinnen einzuschmeicheln ...«

»Josie ist anders!«, behauptete Elke.

»Sie sind alle gleich. Warum holst du nicht die Kartoffeln – wie sonst auch?«

Elke zog ihren Lippenstift nach und schlüpfte in die Pumps. »Weil ich heute zum Kampfsporttraining gehe.«

»Muss das sein?«

»Es reicht jetzt, Schmalenbach! Du benimmst dich kindisch. Auf der Garderobe liegt das Geld: Drei Kilo Kartoffeln, ein Weißkohl und ein Kilo Möhren, klar?«

Elke wartete Schmalenbachs Gegenrede gar nicht erst ab, sie schlug die Wohnungstür hinter sich zu, als er mit seinem ersten wohlüberlegten Satz begann.

Natürlich dachte Schmalenbach nicht im Traum daran, zu dieser Josie zu gehen, um Kartoffeln zu kaufen. Er machte sich doch nicht vor dem gesamten Nordend lächerlich. Das Geld, das auf der Garderobe lag, steckte er ein. Elke würde er schon etwas erzählen.

An diesem Tag ging er von der Arbeit aus gleich zum »Promi«. Pfeifenberger war auch schon da. Schmalenbach gab von dem Kartoffelgeld einen aus.

»Elke erwartet von mir, dass ich an irgendeinem Kartoffelwagen einkaufe«, sagte er, als sie sich zuprosteten.

»Bei Josie?«, fragte Pfeifenberger.

»Genau. Diese Frauen werden immer dreister. Manchmal glaube ich, sie legen es darauf an, uns in peinliche Situationen zu bringen.«

Pfeifenberger setzte sein Glas ab und rieb sich den Schaum von den Lippen. »Carola bekniet mich seit Wochen, ich soll ihr den Weg zu Josie abnehmen. Aber ich habe mich strikt geweigert. Wir essen jetzt Weißbrot zur Soße.«

»Brot und Fleisch sind gesünder als Kartoffeln und Fleisch – rein verdauungstechnisch.«

»Von Fleisch habe ich gar nichts gesagt. Fleisch gibt es bei uns schon lange nicht mehr. Es gibt nur Soßen.«

»Aber die Soßen kommen doch aus dem Fleisch.«

»Unsere kommen von *Maggi* und *Knorr*.«

»Verstehe«, sagte Schmalenbach düster. Wenn er sich's recht überlegte, hatte er es noch ganz gut mit Elke.

Pfeifenberger seufzte. »Bitte, erzähle es keinem: Carola ist fast gar nicht mehr zu Hause. Meistens kochen die Kinder ...«

»Hat sie einen ... Liebhaber?«, fragte Schmalenbach erschrocken.

Pfeifenberger lachte böse. »Nein. So weit sind wir noch

nicht. Trotz aller Verirrungen: Meine Carola weiß, dass es nur einen gibt, der ihr das gibt, was sie braucht ...«

Schmalenbach wusste, dass es jetzt peinlich werden würde, wenn er nicht einschritt. »Was tut sie dann ständig außer Haus?«

Pfeifenberger schaute sich erst vorsichtig um, dann flüsterte er: »Sie macht den Segelschein!«

Schmalenbach warf sein Bierglas um. »Carola? Den Segelschein? Die kann doch nicht mal Auto fahren!«

Pfeifenberger streckte sich. »Denk an meine These von gestern: Die Weiber sind dabei, alle die Bereiche zu übernehmen, die traditionellerweise von uns Männern beherrscht werden. Ich sage dir was: Neuerdings interessiert sie sich für Börsenkurse. Sie hat jetzt sogar eine Vollmacht für mein Konto ...«

Schmalenbach war hell empört. »Irgendwo ist Schluss! Elke, sage ich immer, die Küche und die Mode – das ist alles gut und schön, aber von der Börse lässt du mir die Finger! Da kann einfach zu viel passieren.«

Pfeifenberger schnaufte vor Wut. »Das Schlimmste ist: Unsereiner kann die Sache ausbaden. Wir müssen die Pflichten übernehmen, die die Damen vernachlässigen. Wir können Kartoffeln kaufen gehen – bei einer ordinären Matrone namens Josie. Nicht mit mir, Schmalenbach, eher ernähre ich mich nur noch von Tütensoßen!«

Die Freunde schworen, sich niemals demütigen zu lassen. Von keiner Elke, von keiner Carola – und erst recht von keiner Josie.

Spätabends gab es noch eine unschöne Szene. Elke saß im Nachthemd in der Küche, als Schmalenbach durch den

Flur schlich. »Wo sind die Kartoffeln?«, fragte sie, ohne zu grüßen.

»Die Kartoffelfrau war heute nicht da«, log Schmalenbach – vom vielen Bier mutig geworden.

»Josie ist immer da, bei Wind und Wetter.«

»Heute war sie nicht da. Vielleicht war sie beim Kampfsport oder hat dem Dax auf die Sprünge geholfen ...«

Elke bebte vor Wut. »Spar dir diesen überheblichen Weizenbier-Ton! Ich merke doch, woher deine Courage kommt: Pfeifenberger hat dich geimpft.«

In Schmalenbach wuchs die Empörung des Geknechteten gegen seinen ungnädigen Herrn. »Pfeifenberger denkt nicht im Traum daran, Kartoffeln bei irgendeiner Josie zu kaufen. Er sagt, wir dürfen uns nicht zu Hampelmännern machen lassen – nur weil ihr plötzlich die abgebrühten Weibsbilder spielen müsst!«

Elkes Augen wurden klein und blitzten. »Ein feines Vorbild hast du dir da ausgesucht: Pfeifenberger! Macht seiner dummen Frau sechs Kinder und lässt sie dann allein zu Hause, während er im Wirtshaus über die Männerrolle schwadroniert. Bei Pfeifenbergers herrschen doch Verhältnisse wie im frühen 19. Jahrhundert. Wahrscheinlich holt Carola ihrem Pascha die Hausschuhe, wenn er nachts besoffen nach Hause gewankt kommt ...«

In diesem Moment packte ein böser Geist Schmalenbach und schüttelte ihn kräftig durch. Und der so wachgerüttelte Schmalenbach tat etwas, was er unter normalen Umständen niemals getan hätte – schon allein aus Achtung seiner Elke gegenüber nicht. »Du täuschst dich, Elke. Carola hat sich sehr verändert, sie macht jetzt den Segelschein ...«

Elkes Mund öffnete sich, schloss sich aber sofort wieder, ohne dass er ein Wort hervorgebracht hätte. Sie rannte hinaus. Die Badezimmertür wurde geschlagen. Dann lief lange Wasser. Als sie zurückkam, waren ihre Haare klatschnass, ihre Pupillen waren geweitet. Sie nahm wieder Platz und steckte sich – innere Ruhe vortäuschend – eine Zigarette an. Aber die Glut zitterte wie bei einem Junkie, als sie tief inhalierte.

»Soso, diese Gebärmaschine macht also den Segelschein. Auf welchem Baggersee denn?«

»Keine Ahnung. Pfeifenberger sagt, im Herbst fährt sie in Kiel bei einer internationalen Regatta mit.«

Elke drückte die Zigarette in ihrer Handfläche aus. »Und wer kümmert sich derweil um Kinder und Haushalt?«

Schmalenbach breitete die Arme aus. »Na, wer wohl? Der arme Pfeifenberger. Er muss sogar zu Josie. Kartoffeln holen. Er sagt, die Hausfrauen tuscheln hinter seinem Rücken über ihn.«

Elke schrie spitz auf. »Das kann ich mir vorstellen. Wird sich herumgesprochen haben, dass Madame Pfeifenberger jetzt segeln geht ...«

Elke rannte zum Küchenschrank und trank einen großen Schluck aus ihrem Baldrianfläschchen. Dann atmete sie ruhiger. »Hör zu, Schmalenbach: Du wirst ab sofort keine Kartoffeln mehr bei Josie holen! Wir sind doch nicht die Pfeifenbergers. So weit kommt es noch, dass mein Mann zum Gespött der Marktweiber wird. Pfeifenberger hat es nicht anders verdient – du aber bist was Besseres: DU GEHÖRST ZU MIR!«

Schmalenbach konnte es nicht lassen: »Mein Gott, was ist schon dabei? Warum sollte ein Mann sich für seine

Frau nicht demütigen lassen? Zudem sollen Kartoffeln ja auch viel gesünder sein als Teigwaren ... Und wenn du auch den Segelschein machen willst, bin ich bereit, in den sauren Apfel zu beißen ...«

»Ich und den Segelschein?!«, schrie Elke auf. »Das ist die Domäne geltungssüchtiger, neureicher Angeber. Würde mich nicht wundern, wenn Pfeifenberger seiner Gattin diese Marotte eingeblasen hätte ...«

Schmalenbach aalte sich heimlich in seinem Erfolg. »Ehrlich gesagt, bin ich ganz glücklich, dass du nicht zu den Frauen gehörst, die die Spinnereien ihrer Männer mitmachen ...«

»Hast du das anders erwartet?! Ich und den Segelschein? Niemals!«, beteuerte Elke. »Ich mache den Jagdschein.«

Schmalenbach spürte, wie in ihm etwas Prächtiges zusammenkrachte wie ein morsches Holzhaus. »Den Jagdschein?«

»Hast du was dagegen?«

»Aber du isst doch gar kein Fleisch?«

»Was für ein dummer Einwand!«, fuhr sie ihn an. »Darf ich mich deshalb nicht für das edle Waidwerk begeistern?«

»Du weißt aber, dass man für den Jagdschein Tiere töten muss? Eigenhändig. Mit einem Gewehr.«

»Ich bin doch kein Kind, Schmalenbach. Natürlich muss man schießen. Aber doch für eine gute Sache. Es ist wichtig, dominierende Populationen auszudünnen. Dafür sind wir Jäger ja da.«

Schmalenbach wurde eigenartig zumute. »Ich weiß nicht. Wenn ich mir vorstelle, wie du im Lodenmantel mit der Flinte im Anschlag und einem Hund durchs Unterholz schleichst ...«

179

»Buschieren!«

»Was?«

Elke rollte die Augen. »In der Jägersprache heißt das buschieren, Schmalenbach!«

»... wenn ich mir vorstelle, wie meine Frau buschiert – ich glaube, ich hätte damit erhebliche Probleme.«

Das gab Elke zu denken. »Wenn das so ist, verzichte ich halt auf den Jagdschein.«

Schmalenbach fiel ihr um den Hals. Aber Elke machte sich kühl los. »Aber den Segelschein lasse ich mir nicht auch noch von dir ausreden.«

»Das tue ich nicht«, verkündete Schmalenbach erfreut. »Ich akzeptiere auch, dass meine Frau den Segelschein macht. Was Pfeifenbergers können, das können wir schon lange.«

»Akzeptieren heißt: Bezahlen!«

»Meinetwegen«, sagte Schmalenbach, schon etwas ernüchtert.

»Und du gehst jeden Mittwoch zu Josie. Demütigung hin oder her. Jemand muss die Kartoffeln holen, klar?«

Schmalenbach versprach auch das.

Insgeheim triumphierte er. Wenn man es genau betrachtete, hatte er sich ja doch durchgesetzt, oder?

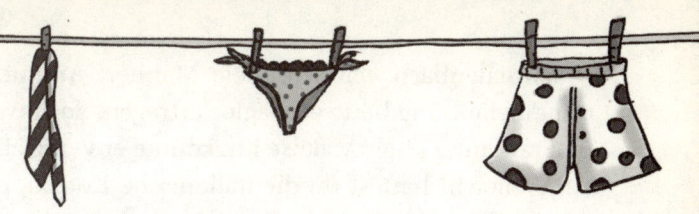

FRAUENSACHE

Das größte Geheimnis der Frauen ist nicht ihre Irrationalität. Das größte Geheimnis der Frauen ist – die Gynäkologie.

Die Gynäkologie bleibt eine Terra incognita. Trotz Erfindung der freien Sexualität, des Ultraschalls und der Sendung mit der Maus. Die Gynäkologie wird immer zwischen Männern und Frauen stehen. Für Männer ist alles Gynäkologische zutiefst unverständlich und lustfeindlich. Frauen hingegen benutzen die Gynäkologie als stärkstes Argument gegen Männer, die nerven oder die einfach zu viel wissen wollen. Die Gynäkologie bleibt in einer Zeit, der eigentlich nichts mehr wirklich unheimlich ist, der allerletzte mystische Bereich. Dort geschehen Dinge, die keiner versteht und die niemanden etwas angehen. Männer, die das nicht respektieren, werden mit Wahrheiten konfrontiert, die weit über ihre sowieso überschätzten Kräfte hinausgehen.

Elke hatte seit Tagen Schmerzen im Unterleib. Sie klagte nicht. Sie ging auch nicht gekrümmt. Sie seufzte nur. Das war schlimmer als alles andere.

Schmalenbach war wie viele Männer: Amputationen ohne Betäubung hätte er klaglos ertragen, doch wenn seine Frau unter einer Malaise litt, konnte er verzweifeln.

»Vielleicht hättest du die italienische Kohlsuppe nicht essen sollen«, begann er mit der Anamnese.

»Italienische Kohlsuppen sind sehr gesund. In den Abruzzen gibt man sie den Säuglingen gegen Blähungen.«

»Vielleicht ist es der Wetterumschwung.« Schmalenbach hatte die Erfahrung gemacht, dass Frauen immer offen waren für den Wetterumschwung als Ursache für gesundheitliche, politische und sexuelle Krisen.

Aber diesmal spielte Elke nicht mit. »Wir haben seit Monaten die gleiche Wetterlage. Wie sollte mein sensibler Körper also mit solchen Krämpfen auf einen Umschwung reagieren, den es gar nicht gibt? Ich bin doch keine Hysterikerin.«

Schmalenbach erschrak. »Hast du eben Krämpfe gesagt? Soll das heißen, dass du seit Tagen unter Krämpfen leidest – und wir tun nichts?«

Elke seufzte schon wieder. »Ich weiß gar nicht, warum du dich so aufregst. *Ich* habe doch diese Krämpfe, nicht du. Wenn du diese Krämpfe hättest, wären wir längst irgendwo in einem Großklinikum oder wir würden dich im Hubschrauber zur Behandlung ins Ausland fliegen lassen. Im Übrigen ist es etwas Gynäkologisches«, sagte sie – und ließ das erst mal so stehen.

»Etwas Gynäkologisches?«, wiederholte Schmalenbach.

Elke hob die Stimme. »Eine Frau spürt so etwas, verstehst du?«

Das war der Moment, in dem jeder vernünftige und erfahrene Mann die Segel strich. Etwas Gynäkologisches.

Das war schlimmer als ein Auffahrunfall mit Personenschaden. Aber für Gynäkologisches war ein Mann nicht mehr zuständig. Nicht, weil er zu blöd oder zu indolent wäre. Nein, weil die Frauen das so wollten. Es ist etwas Gynäkologisches – das hieß: Es ist zwar furchtbar, und es tut höllisch weh, wer weiß, was ich für entsetzliche Eingriffe werde erdulden müssen, aber wichtig ist jetzt nur eines: Misch dich nicht ein!

Doch Schmalenbach war nicht der Typ, der vor dem Unabänderlichen kapitulierte. Er liebte seine Elke, und da er sie liebte, wollte er ihr helfen. Egal, ob ihr nun zu helfen war oder nicht. Deshalb wagte er es auch, das zu sagen, was ihm wie ein böser Fluch auf der Zunge lag: »Was würdest du davon halten, einen Gynäkologen aufzusuchen?«

Elke schien zu platzen vor Entrüstung. Sie sprang auf, hielt sich erschrocken den Unterleib und lief im Zimmer auf und ab. »Reicht es denn nicht, dass ich so leide? Musst du mir auch das noch antun?«

»Was ist so schlimm daran, zu einem Gynäkologen zu gehen?«

Elke hielt in ihrer Raserei inne, wollte etwas Grundsätzliches sagen, ließ es dann aber doch, setzte sich hin und zündete sich mit zittrigen Fingern eine Zigarette an. Gerne hätte Schmalenbach ihr jetzt gesagt, dass es für ihr Wohlbefinden nicht förderlich war, wenn sie sich so aufregte und dabei auch noch rauchte. Aber da er sie in diesem Zustand nicht noch mehr aufbringen wollte, schwieg er.

»Ihr Männer seid gefühllos«, schimpfte Elke. »Ich weiß gar nicht, warum wir Frauen uns noch mit euch abgeben.«

Dann trat eine lange Phase der Stille ein. Irgendwann

seufzte Elke wieder und sagte: »Ich würde nie, nie, niemals zu einem Gynäkologen gehen. Natürlich kommt für mich nur eine Gynäkologin infrage.«

Schmalenbach war erleichtert. Er holte das Telefonbuch und suchte eifrig nach der Seite mit den Gynäkologinnen. »Gib dir keine Mühe!«, sagte Elke. »Ich gehe nicht zu irgendeiner Gynäkologin. Eine Frau muss zu ihrer Gynäkologin Vertrauen haben. Die Gynäkologin ist die beste Freundin einer Frau. Ich bin mir sicher, dass man eine beste Freundin nicht im Branchenbuch findet.«

Also schlug Schmalenbach das Telefonbuch zu und wartete.

»Carola Pfeifenberger hat mir eine gute Gynäkologin empfohlen. Die arbeitet auf anthroposophischer Basis«, erklärte Elke.

Seinetwegen hätte sie auf der Basis der aktuellen Dax-Werte arbeiten können – Hauptsache, sie hatte ein medizinisches Examen und befreite Elke von diesen höllischen Unterleibskrämpfen.

»Soll ich Carola anrufen?«, fragte Schmalenbach noch.

Elke blies empört die Backen auf. »So weit kommt's noch: Dass du meine beste Freundin anrufst und nach der Nummer ihrer Gynäkologin fragst. Natürlich rede ich mit Carola. Schließlich geht es um Gynäkologie und nicht um den aktuellen Stand der Bundesligatabelle.« Auch mit dieser Arbeitsteilung war Schmalenbach einverstanden – wenn nur endlich etwas geschah.

Elke bekam schon am gleichen Tag einen Termin. Kein Wunder, es handelte sich ja auch um einen Notfall. Natürlich fuhr Schmalenbach sie zu der Gynäkologin – das war er ihr einfach schuldig.

Während Elke in der Sprechstunde der Gynäkologin war, wartete Schmalenbach in einem Café. Es dauerte ewig. Er war in einem furchtbaren Zustand. Was war, wenn sie etwas Ernstes hatte? Gynäkologische Erkrankungen waren immer gleich so dramatisch. Wenn die Gynäkologin Elke nun sofort ins Krankenhaus schickte? Und wenn sie sie dort operierten? Die arme Elke, man konnte nur hoffen, dass durch einen beherzten Eingriff zu stoppen war, was da in ihrem Unterleib schieflief.

Endlich erschien sie. Völlig verheult. Schmalenbach blieb das Herz stehen. »Und?«, fragte er.

Sie musste sich erst setzen und einen Cognac bestellen. Dann schniefte sie eine Weile. »Sag schon!«, drängte Schmalenbach. »Ich seh's dir doch an.«

»Es ist ... furchtbar.«

Alles war zu schaffen, wenn man zusammenhielt. Wenn man sich liebte. Elke fing wieder an zu weinen. »So ein beschissenes Leben. Du machst dir keine Vorstellung. Erst läuft einem der Kerl weg. Dann wird man auch noch um seinen Bausparvertrag gebracht. Und dann diese verdammte Zyste.«

Eine Zyste. Also doch. Da hieß es: stark sein. »Elke, ich laufe dir nicht weg. Und dein Bausparvertrag ist nicht verloren. Er wird bloß erst 2012 zuteilungsreif.«

Sie schaute entsetzt auf. »Ich rede von meiner Gynäkologin. Wir sind heute Freundinnen geworden. Richtig gute Freundinnen. Wir haben lange geredet. Sie hat mir alles erzählt.«

»Und deine Unterleibsschmerzen?«

»Musst du unentwegt darauf herumreiten? Wahrscheinlich eine harmlose Erkältung. Dazu war nicht die Zeit.

Aber was meine Gynäkologin durchmacht ... Ihr Kerle versteht das sowieso nicht.«

Seit dem Besuch bei der Gynäkologin sind Elkes Krämpfe verschwunden. Eine Meisterleistung der Gynäkologie. Schmalenbach denkt schon daran, die Gynäkologin selbst einmal zu konsultieren. Aber sicher würde Elke das nicht wollen.

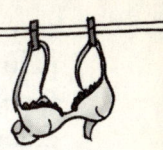

DIE SACHE DER NATUR

Schmalenbach glaubt an die Sprache. So achtet er zum Beispiel darauf, in vollständigen Sätzen zu sprechen. Nicht weil er meint, in unvollständigen Sätzen stecke weniger Wahrheit – nein, er möchte nur dazu beitragen, dass man allgemein respektvoller mit der Sprache umgeht. Dazu besteht durchaus Anlass. Selbst im intellektuellen Milieu des Nordends greifen immer mehr nichtssagende Anglizismen und Sprachpartikel einer rohen Jugendkultur um sich.

Schmalenbach möchte für die Sprache so etwas sein wie Manderscheid für die Mode. Während Germersheimer sich nicht scheut, im Parka zu Vernissagen zu erscheinen, pflegt der Medienmensch Manderscheid selbst den Müll in perfekt abgestimmter Garderobe zu entsorgen. Ähnlich gelagert ist Schmalenbachs Kampf für die deutsche Sprache.

Und er hat schon Erfolge zu verzeichnen. Pfeifenberger zum Beispiel behauptet immer seltener, etwas gehe ihm »unter die Nieren«. Selbst die Kellnerin Elvira hat sich – durch Schmalenbachs offensives Sprachverhalten inspiriert – abgewöhnt, ihre ständig wechselnden Sexualpartner als »Lover« zu bezeichnen. Ihre fatale Vorliebe für SM-Spiele mit Motorradrockern umschreibt sie neuerdings eloquent als »sozialpädagogische Rollenspiele«.

Nur mit Elke tut Schmalenbach sich schwer. Dabei wäre gerade bei ihr intensive Sprachdisziplin vonnöten. Doch Schmalenbach ist einfach nicht der Typ, der seine Lebensgefährtin korrigieren würde, wenn sie sprachlich entgleist. Er glaubt an die Überzeugungskraft der sanften Pädagogik. So gibt er sich Mühe, durch das Beispiel eines bewussten und korrekten Sprachverhaltens sein Gegenüber indirekt auf Schnitzer aufmerksam zu machen.

Doch Elke hält nicht viel von guten Beispielen. Sie lässt sich nicht korrigieren – sie korrigiert ihrerseits Schmalenbach. Eigentlich ist das ein Trennungsgrund. Aber Schmalenbach hat den richtigen Moment verpasst. Er hätte vor fünfzehn, sechzehn Jahren sagen müssen: Tut mir Leid, aber mit einer Frau, die nicht zwischen Genitiv und Dativ unterscheiden kann, möchte ich keine langfristige Beziehung führen. Das hätte Tränen gegeben und Vorwürfe, aber dafür wäre die Sache ausgestanden gewesen und Schmalenbach hätte sich mit einer gut aussehenden Lyrikerin oder einer Philologin mit Rentenanspruch zusammentun und in Zukunft ein erfülltes und nicht durch Lapsus Linguae überschattetes Beziehungsleben führen können. Jetzt ist es dafür zu spät – schon allein, weil gut aussehende Lyrikerinnen immer seltener werden und die Philologinnen mit Rentenanspruch alle schon vergeben sind.

Es ist, wenn es um Sprache geht, ein bisschen wie im Krieg: Nur der bleibt von unverschämten Angriffen verschont, der bereit ist, selbst als Erster anzugreifen. Deshalb hat Schmalenbach sich nun vorgenommen, sein angeborenes Taktgefühl zu überwinden und Elke zurechtzuweisen, sobald sie sich mal wieder sprachlich zu einer Peinlichkeit versteigt.

Die erste Gelegenheit ergab sich kürzlich: »Das liegt doch in der Sache der Natur.« Dieser Lapsus war Elke in Fleisch und Blut übergegangen. Und Schmalenbach hatte sich oft gefragt, wie lange er ihn noch ertragen würde, ohne dass sein Kleinhirn ernsthaften Schaden nahm.

Er hob also seine Stimme in bedeutungsvolle Höhen. »Liebe Elke, es wird Zeit, dass ich dich auf einen sprachlichen Schnitzer hinweise, der kein schönes Licht auf deine Bildung wirft. Es heißt, etwas liege ›in der Natur der Sache‹ – und nicht anders.«

»Genau. Sag ich doch.«

Schmalenbach verkniff sich den Hinweis auf die Unsauberkeit verkürzter Aussagesätze. »Nein, du hast die Wendung falsch gebraucht: Es liegt in der ›Sache der Natur‹ ...«

»Eben. In der Sache der Natur. Ist doch klar.«

»Mal abgesehen davon, dass es für eine Frau deines Alters nicht gerade elegant ist, sich in Satzfragmenten auszudrücken.«

»Satzfragmente? Ich? Quatsch!«

»Es geht um etwas anderes. Nämlich um die falsche Redewendung ›in der Sache der Natur‹.«

»In der Sache der Natur. Kennst du nicht? Das sagen sie selbst im Fernsehen.«

»Elke, zum letzten Mal: Es heißt ›in der Natur der Sache‹. Du solltest das in Zukunft richtig machen. Ich möchte nämlich nicht, dass man über meine Frau lacht.«

Das saß. Elke bekam einen roten Kopf – das war bei ihr äußerst selten und für Schmalenbach so etwas wie ein

Orden, den man sich nur im Kampf Mann gegen Mann erwarb.

»Auf die Idee, dass du falschliegen könntest, kommst du wohl überhaupt nicht?«, fragte sie nach langem Schweigen trotzig.

»Nicht, wenn es um Sprache geht. Die Sprache ist mein Metier. Ich bin Werbetexter. Ein Werbetexter hat die Feinheiten seiner Muttersprache mit der Muttermilch eingesogen.«

»Du sitzt mal wieder auf einem verdammt hohen Ross, Schmalenbach. Nur weil ich nicht studiert habe, glaubst du, mich als blöd hinstellen zu können ...«

Schmalenbach hatte ihr doch nur helfen wollen. Nun schossen Elke die Tränen in die Augen. Er nahm ihre Hand. »Du bist und bleibst ein warmherziger und blitzgescheiter Mensch«, beteuerte er.

»Aber einer, der sich nicht richtig ausdrücken kann und nur in abgehackten Sätzen spricht«, schluchzte sie.

Es gehörte zu einer erfüllten Beziehung, dass man berechtigte Kritik einstecken konnte. Schmalenbach gab sich alle Mühe, Elke wieder das Gefühl zu vermitteln, dass sie ihm ein gleichberechtigter Partner war. »Sieh mal, die Sprache ist doch nur ein Werkzeug, ein Hilfsmittel zur Kommunikation. Es gibt andere, nonverbale Hilfsmittel. Und die beherrschst du wie kaum eine andere ...«

Sie schluchzte immer noch. »Das sagst du jetzt nur so.«

»Nein. Ich meine es ernst. Für eine gute Beziehung ist es allein wichtig, dass die Herzen im gleichen Takt schlagen. Und nicht, ob immer der richtige Kasus benutzt wird. Das liegt doch in der Natur der Sache ...«

Sie putzte sich die Nase. »Es heißt ›in der Sache der Natur‹. Nur der Ordnung halber. Carola sagt es auch so, und die hat mal einen Schreibmaschinenkurs gemacht.«

Carola Pfeifenberger war für korrektes Sprachverhalten in etwa so kompetent wie Putin für die Menschenrechte. »Lass uns doch einen Kompromiss schließen! Da wir uns nicht einigen können, wie die richtige Fassung dieser Redewendung lautet, wirst du in Zukunft auf sie verzichten.«

Elke überlegte eine Weile. Offensichtlich suchte sie den Haken bei der Abmachung. »Aber du machst mit: Du sagst auch nicht mehr ›in der Natur der Sache‹. Da stellen sich bei mir nämlich die Nackenhaare quer.«

Wenn man eine lebendige Sprache zu sprechen gewohnt ist, ist es sehr schwierig, auf eine beliebte Wendung zu verzichten. Aber Schmalenbach konnte ja unter seinen Freunden in sprachlichen Feinheiten schwelgen – was er dann auch tat.

Bis ihn eines Abends Manderscheid charmant korrigierte: »Es heißt nicht ›in der Natur der Sache‹, es heißt ›in der Sache der Natur‹, mein Lieber.«

Schmalenbach fiel aus allen Wolken. »Du als Intellektueller müsstest doch wissen, dass ...«

Manderscheid unterbrach ihn unwillig. »Jeder philologisch gebildete Mensch weiß, dass Sprache ständig im Fluss ist. Und so hat sich die altertümliche Wendung ›in der Natur der Sache‹ in jüngster Zeit auch unter Hochsprachlern in ›in der Sache der Natur‹ umgebildet.«

Alle anderen stimmten ihm zu. So zog Schmalenbach sich zurück – und machte sich selbst den Vorwurf, nicht rechtzeitig eingeschritten zu sein gegen eine beklagenswerte Sprachentwicklung, die von niemandem anderen ausgegangen war als von seiner Elke.

DER LETZTE THUNFISCH

Schmalenbach sah es sofort, als er ins Zimmer trat. »Du hast geweint?«, fragte er.

»Lass mich bloß in Ruhe!«, fauchte Elke.

Also doch: Sie hatte geweint.

Schmalenbach konnte nur hoffen, dass er nichts getan hatte, was sie zum Weinen gebracht haben könnte. Elke fühlte sich oft bei Dingen verletzt, über die andere nur lachen konnten.

Aber Elke konnte eben nicht darüber lachen. Das war das Problem.

Schmalenbach hatte wieder einmal einen Abend mit seinen Freunden verbracht, anstatt sich um seine Elke zu kümmern. »Ein Mann braucht das ab und zu. Er muss sich mit seinen Freunden treffen. Tut er das nicht, so kann es zu sehr unangenehmen Ausfällen kommen.« Und er fügte dunkel hinzu: »Du liest sicher manchmal davon in der Zeitung.«

Doch Elke schien ihm gar nicht zuzuhören. »Zuerst habe ich in einem Buch gelesen, das gefiel mir nicht. Aber die Nachrichten im Fernsehen waren leider schon vorbei.«

Schmalenbach schnürte es den Hals zu: Wenn er gewusst hätte, welches Elend Elke zu Hause durchstand – er hätte sie niemals allein gelassen.

Sie wischte die Tränen weg. »Nach dem Wetter kam eine Reportage. Normalerweise schaue ich mir ja keine Reportagen an, wie du weißt.«

Gerade Reportagen – gut gemachte Reportagen – waren bestens dazu geeignet, Frauen, die sich langweilten, weil ihre Männer sich gerade mit den Freunden amüsierten, von ihrem Elend abzulenken, indem sie diesen die Welt zeigten, wie sie wirklich war: interessant, originell, bunt, leidenschaftlich und überraschend.

»Aber diesmal konnte ich einfach nicht abschalten.« Sie nahm einen langen Anlauf. »Es ging um Thunfisch.«

Schmalenbach sah eine Chance, sie etwas aufzumuntern: »Thunfisch? Schade, dass ich das verpasst habe. Du weißt ja, wie sehr ich Thunfisch liebe. Natürlich nicht diesen trockenen, völlig geschmacklosen Thunfisch in Dosen. Nein, den frischen, fleischigen, saftigen Thunfisch, aus dem man Carpaccio macht oder Sushi. Ich könnte mich daran totessen. Dieser volle Geschmack nach Meer, nach Leben, nach Tiefsee und salzigen Winden. Ich glaube, es gibt nichts Köstlicheres. Erst durch frischen Thunfisch lernt man das Meer lieben. Ich könnte, wenn es sein müsste, nur von dieser Delikatesse leben. Du nicht?«

Elke sah ihn lange an. Ihr Blick war verächtlich. »Diese Reportage handelte davon, dass der Thunfisch eine bedrohte Tierart ist. Verstehst du, es wird diese schönen, stolzen Tiere bald nicht mehr geben. Und weißt du auch warum?«

Schmalenbach hatte plötzlich einen schlechten Geschmack im Mund. Einen Geschmack nach altem, fauligem Fisch. »Wegen der Verschmutzung der Meere, nehme ich an.«

»Falsch. Weil alle Welt sich neuerdings den Bauch vollschlagen muss mit dem Fleisch eines Tieres, das es immer schwerer hat zu überleben.«

Und Schmalenbach wurde klar, was für ein billiger, ein schmutziger, ein verantwortungsloser Charakter er eigentlich war. Ein Mensch, der nicht nach links und rechts schaute. Ein Egoist, der nur die Befriedigung seiner niederen Triebe im Kopf hatte. Dem alles andere egal war. Der auf die Schöpfung spuckte. Schmalenbach hasste sich dafür.

»Du – die haben gezeigt, wie sie diese schönen Tiere fangen. Piraten. Geschäftemacher. Halsabschneider. Männer, die sich einen Dreck um Fangquoten kümmern, ziehen riesige Schleppnetze hinter sich her. Sie machen regelrechte Treibjagden auf Thunfische. Dann ziehen sie sie an Haken aus den Netzen. Die Schiffsplanken sind voller Blut ...«

»Hör auf!«, sagte Schmalenbach.

»Wie bitte?«

»Du sollst damit aufhören! Ich kann es nicht hören.«

»Aber du willst weiter Thunfisch-Carpaccio essen, stimmt's? Schmalenbach, wie sagst du immer so schön: Es gibt kein wahres Leben im falschen.«

Das war zu viel für ihn. Er ging schlafen.

Nachts träumte er von einem Thunfischschwarm, der ins Netz skrupelloser Schwarzfischer geraten war. Es war schrecklich. Bis auf einen Fisch wurden alle massakriert. Nur dieser eine Fisch blieb übrig. Schmalenbach wusste: Es war der letzte Thunfisch.

Elke hatte ja recht. Der Mensch durfte die Erde nicht so

gedankenlos ausräubern. Er durfte sich nicht nehmen, was er wollte. Wenn man dieses Erdendasein mit Würde überstehen wollte, musste man beginnen, sich selbst im Zaum zu halten, vernünftiger zu wirtschaften und die Natur mit Respekt zu behandeln.

Schmalenbach aß für sein Leben gerne Thunfisch. Frischen, knackigen, kräftigen Thunfisch. Aber er musste von nun an darauf verzichten. Im Interesse des Lebens. Das war zwar schwer, aber er würde es tun. Das war er sich schuldig. Sich und Elke.

Wie er die kannte, würde sie sowieso nie wieder ein Stück Thunfisch essen. Elke war – wie alle Frauen – sehr konsequent und unbarmherzig gegen sich selbst, wenn es um ein Leben in Würde ging. So wie sie einst aufgehört hatte, Schweinefleisch zu essen, würde sie jetzt damit aufhören, Thunfisch zu essen. Einfach weil sie ein besserer Mensch war.

Am nächsten Tag kam er auf seinem Nachhauseweg an einem japanischen Restaurant vorbei. Fast alle Plätze waren besetzt. Kein Wunder, dass die Thunfisch-Population in den Weltmeeren drastisch schmolz, wenn um halb fünf schon alles, was in Frankfurt Rang und Namen hatte, Sushi und gegrillte Thunfischsteaks verschlang. Wenn er die gierigen Gesichter sah, verstand er Elkes Wut. Es war einfach nicht Sinn der Schöpfung, dass Banker und Werbeleute nachmittags schon Thunfisch in sich hineinstopften.

Schmalenbach betrat das Restaurant und nahm am letzten freien Tisch Platz. Das Ganze ging schnell und mit heiligem Ernst vonstatten. Bevor Schmalenbach zusammen mit seiner strengen Elke ein wahrhaftigeres Dasein begann, in dem Thunfisch-Steaks nicht mehr vorkamen, musste er sich ein letztes Mal Gewissheit darüber verschaffen, wie dieser Fisch schmeckte, den er mit seinem Verzicht vor dem Aussterben bewahrte.

Er bestellte einen Reiswein und ein gegrilltes Thunfischsteak, für das selbst der größte Teller zu klein war. Dann machte er sich an die Arbeit. Er vertilgte ein ausgesuchtes Stück von einem stolzen Thunfisch.

Selbst die seltenste Köstlichkeit wird irgendwann schal und widerlich, wenn man zu viel davon isst. Aber da Schmalenbach sich des Ernstes der Situation bewusst war, zwang er sich dazu aufzuessen. Schließlich war das kein Vergnügen, sondern das Ende der sträflichen Völlerei und der Beginn eines wahren, ehrlichen Lebens. Als er fertig war, stieß ihm das Essen unangenehm auf. Er trank seinen Reiswein und war fast ein wenig erleichtert darüber, dass er nun nie, nie wieder Thunfisch essen würde. Er hatte seine Leidenschaft für frischen Thunfisch ein- für allemal besiegt. Zufrieden mit sich und seiner Seele machte er sich auf den Heimweg.

Das Essen wartete. Wahrscheinlich Salat und irgendeine Tofupressung. Das gehörte auch zu der geläuterten Existenz: eine ethisch saubere Ernährung.

Elke brachte zwei riesige Portionen. Thunfisch. Sie hatte sich nicht lumpen lassen.

»Aber, Elke, wir waren doch übereingekommen, keinen Thunfisch mehr zu essen.«

»Wie kommst du denn darauf, mein Schatz?«

»Du hast gesagt, der Thunfisch stirbt aus, wenn es so weitergeht, oder?«

»Ja, aber das heißt noch lange nicht, dass wir keinen Thunfisch mehr essen.«

Schmalenbach musste sich setzen, der widerliche Thunfischgeruch zog ihm in die Nase, er hätte sich schütteln können.

»Greif zu!«, forderte sie ihn auf und nahm sich selbst ein Stück. »Wer weiß, wie lange wir das noch können. Oder sollen wir etwa allein auf den köstlichen Thunfisch verzichten, während die anderen die Meere leer fressen?«

RALF ODER ROLF ODER RUDI

Schmalenbach hatte gerade Sex gehabt – den besten Sex seines Lebens. Irritierend war nur, dass es nicht mit Elke gewesen war, sondern mit jemandem, der Ralf hieß oder Rolf oder Rudi. Schmalenbach wunderte sich, dass er sich auf diesen völlig fremden Partner hatte einlassen können. Zumal der unübersehbar männlich war. Er hätte diesem Ralf oder Rolf oder Rudi auch gerne noch gesagt, dass es nicht seine Art war, mit Männern anzubändeln, und dass es besser wäre, sie würden ihr kleines Abenteuer nicht rumtratschen. Doch da wurde Schmalenbach an der Schulter gepackt und geschüttelt. Er fuhr hoch. »Was ist los?«

Elke saß neben ihm im Bett. Hellwach. »Hast du schon geschlafen?«

»Ich war gerade in der Tiefschlafphase. Es ist mitten in der Nacht.«

»Es ist erst Viertel nach zwölf, Schmalenbach. Andere erleben um diese Zeit noch die ulkigsten Sachen – und du glaubst, du bist schon in der Tiefschlafphase. Oder habe ich dich gerade aus einem schönen Traum gerissen?«

Schmalenbach fiel dieser Ralf oder Rolf oder Rudi wieder ein. Und er bekam einen mächtigen Schreck. Hoffentlich hatte er im Schlaf nicht den Namen seines Sex-Partners geflüstert. »Nein. Aber morgen um halb sieben ist die Nacht vorbei und ein harter Arbeitstag beginnt.«

»Schmalenbach, ich kann nicht schlafen!«

Musste sie ihn deswegen wecken? Er konnte nämlich schlafen. Und er brauchte seinen Schlaf – wie alle Kreativen.

»Ich glaube, ich habe Hunger«, seufzte Elke. »Wahrscheinlich kann ich deshalb nicht schlafen.«

Hunger? Man konnte nicht schlafen, weil einen das schlechte Gewissen plagte oder der Arbeitsdruck oder Beziehungsprobleme. Aber doch nicht weil man Hunger hatte – vor allem nicht, wenn man abends ein halbes Pfund Tagliatelle mit dicker Soße gegessen hatte wie Elke.

Schmalenbach versuchte, an etwas Beruhigendes zu denken und wieder einzuschlafen. Um halb neun war eine Kreativkonferenz anberaumt, eine dieser gefürchteten Veranstaltungen, auf denen der Chef jeden Kreativen nach dem Stand seiner Projekte befragte. Das konnte peinlich werden.

»Machst du mir ein Sandwich? Mit knackigen Salatblättern, Avocadoscheiben, Lachs und Meerrettich, du weißt schon, Schmalenbach.«

Seit wann war er für nächtliche Imbisse zuständig? Es blieben ihm noch knapp sechs Stunden Schlaf. Viel zu wenig für einen Kreativen, der am nächsten Morgen dem Chef Rede und Antwort stehen musste.

»Oder ein Tässchen Bouillon. In französischen Filmen holen Männer ihren Frauen nachts immer so ein dampfendes Tässchen Bouillon, wenn sie nicht schlafen können.«

Da war ihm das Sandwich mit den knackigen Salatblättern ja fast lieber. Am liebsten wäre es ihm aber gewesen, Elke hätte endlich den Mund gehalten und das Licht gelöscht.

»Tust du deiner armen, schlaflosen Frau einen klitzekleinen Gefallen?«

Auch das noch. Die Mitleidstour. Und das nach Mitternacht. Früher hatten die Frauen mit der Hausarbeit und den Kindern so viel zu tun, dass sie abends todmüde ins Bett fielen und morgens Mühe hatten rauszukommen, um ihren Männern das Frühstück zu machen. Heute war das anders. Heute sahen sie französische Filme, in denen Paare Dinge taten, die völlig an der Realität vorbeigingen.

»Bitte, schlafe jetzt nicht ein! Dann würde ich alleine wach bleiben, und das könnte ich in meiner derzeitigen Verfassung unmöglich ertragen, Schmalenbach.« Sie schüttelte ihn schon wieder an der Schulter. »Nicht einschlafen! Hörst du?! Du sollst mit mir reden, bitte erzähle mir was! Erzähle mir, was dich beschäftigt! Ich werde sonst wahnsinnig. Weißt du eigentlich, wie es ist, nicht schlafen zu können?«

Und ob er das wusste. Schließlich versuchte er seit mindestens fünf Stunden weiterzuschlafen, aber sie ließ ihn nicht.

»Wenn du mir schon nicht erzählst, was dich bewegt, dann frage mich doch was! Nur um eines bitte ich dich inständig: Rede endlich mit deiner Frau!«

Sie würde ihm keine Ruhe lassen, das wusste er. Also richtete er sich auf. Es ging ihm nicht gut. Das hatte wirklich nichts mit diesem Ralf oder Rolf oder Rudi zu tun. Er vertrug es nicht, aus seinem verdienten Schlaf gerissen zu werden. Das war einfach eine Frage des Alters. Man braucht irgendwann seine Ruhephasen.

»Es gibt sicher etwas, was du schon immer von mir wissen wolltest. Nun hast du die Gelegenheit dazu: Frage mich danach!«

Also gut. Wenn sie dann Ruhe gab. »Wie ist das eigentlich – mit einem Mann?«

»Was?«

»Na ja, du weißt schon: der Sex?«

»Was ist das denn für eine Frage?!«

»Muss man die Fragen, die man an dich hat, vorher schriftlich einreichen oder was?«

»Ich wundere mich nur. Andere Männer würden ihre Frauen nach ihren Wünschen und Sehnsüchten fragen. Du fragst mich, wie der Sex mit einem Mann ist. Oder hattest du einen bestimmten Mann im Sinn?« Sie rückte näher an ihn heran, was Schmalenbach in dieser speziellen Situation unangenehm war. »Willst du etwa wissen, wie der Sex mit dir ist? Du möchtest wohl gelobt werden, was? Braucht dein Ego das?«

Schmalenbach stand auf. »Wo willst du hin?«, fragte sie.

»Ich mache dir jetzt eine Bouillon, Elke. Vielleicht kannst du dann einschlafen.«

Sie zog ihn ins Bett zurück. »Ich möchte mich aber jetzt mit dir unterhalten. Du willst also wissen, wie du im Bett bist? Lass mich mal überlegen ...«

»Nein!«, sagte Schmalenbach entschlossen. »Ich will jetzt endlich schlafen!« Er rollte sich in seine Decke ein und drehte sich von Elke weg.

»Typisch!«, sagte sie. »Erst ein Gespräch über unseren Sex lostreten und sich dann feige vom Acker machen.«

»Du hast mir ja nicht geantwortet«, brummte Schmalenbach. »Ich wollte nur wissen, wie es allgemein mit einem Mann ist. Wie es mit mir ist, weiß ich ja.«

Elke saß plötzlich kerzengerade im Bett. »Gibt es einen besonderen Grund für diese Frage?«

Jetzt hatte sie es geschafft: Schmalenbach war hellwach. Er gähnte und sagte: »Nöö. Gut' Nacht.« Wenn er nicht sofort einschlief, geschah sicher ein Unglück.

Elke rutschte wieder unter die Decke und drückte sich an ihn. »Warum hältst du mich nicht fest, bis ich eingeschlafen bin? Halt mich endlich fest, Schmalenbach, sonst sterbe ich noch vor Müdigkeit!«

Also tat er es. Was blieb ihm sonst übrig? Immerhin hörte sie auf zu reden. Das war ja schon mal was.

»Weißt du, manchmal denke ich, man sollte sich auch mal in das andere Geschlecht hineinversetzen. Deshalb würde ich gerne wissen, wie es so ist mit einem Mann. Nicht, dass ich da irgendwelche Ambitionen hätte. Ich bin ja durch und durch heterosexuell. Ich glaube, es gibt im ganzen Nordend keinen, der heterosexueller ist als ich. Trotzdem würde ich es gerne wissen. Als Intellektueller bin ich mir das einfach schuldig. In meinem Unbewussten soll es keine weißen Flecken geben. Weißt du, ich habe manchmal Träume – Träume, die mir nicht gerade angenehm sind. In einem dieser Träume spielt ein gewisser Ralf oder Rolf oder Rudi eine Rolle. Deshalb muss ich das wissen. Ich weiß, ich gehe sehr weit mit diesem Geständnis. Aber ich bin sicher, dass du das Vertrauen rechtfertigst, das ich in dich setzte. Oder täusche ich mich da, Elke?«

Elke rechtfertigte das Vertrauen, das er in sie setzte. Sie

blieb ganz ruhig. Keine Tränen, keine Vorwürfe, keine dummen Witze. Elke war eben ein reifer Mensch.

»Und – was meinst du dazu?«, fragte er.

Sie schwieg. Sie atmete nur. Ganz ruhig. Als ob sie tief schlief. Nein: Sie schlief tief. Sehr tief. Und Schmalenbach war wach. Er blieb lange wach. Er hatte Angst einzuschlafen. Angst vor Ralf oder Rolf oder Rudi.

PORNO

Sie frühstückten zusammen, sie kauften zusammen ein, sie sahen abends zusammen Talkshows, aßen die von Elke zubereiteten Nudelgerichte, stießen mit den neuen langstieligen Weißweingläsern an, sahen sich tief in die Augen – und gingen dann getrennt ins Bett. Elke schlief in Schmalenbachs Schlafzimmer, der Hausherr auf der immer lascher und speckiger werdenden Ledercouch. Nachdem dieser Zustand schon einige Wochen anhielt, glaubte Schmalenbach nicht mehr daran, dass es sich bei der erzwungenen sexuellen Abstinenz um eine psychische Spätfolge der emotionalen Flurschäden handelte, die er in Elkes moderner, aber dennoch hochempfindlicher Seele mit seiner kurzen Liaison mit der Bodybuilderin aus Darmstadt angerichtet hatte.

Schmalenbach kannte die Frauen nicht besonders gut, aber eines wusste er: Sie waren komplizierter als Männer. Sie mussten zu dem, was ihnen guttat, überredet werden. Er schob also den Teller mit der neuen Kreuzung von Makkaroni und Tagliatelle weg, stellte mit der Fernbedienung den Ton der Talkshow leiser, trank einen zaghaften Schluck Weißwein, legte seine Hand auf Elkes Unterarm und räusperte sich. »Hör mal, Elke!«, begann er. »Es ist ja so, Mann und Frau können auf Dauer nicht nebeneinander leben, ohne miteinander zu schlafen.«

Elke sagte, ohne ihren Blick vom Bildschirm zu wenden: »Meine Eltern konnten das!«

»Wenn ich mit deiner Mutter verheiratet wäre, könnte ich das auch!«, warf Schmalenbach ein – das war als diffiziles Kompliment gedacht, was Elke aber nicht zu realisieren schien, denn sie zog ihren Unterarm unter Schmalenbachs Hand weg, als traktiere er sie mit einer Zigarettenglut. »So lange du so über meine Mutter redest, musst du dich nicht wundern, dass ich nicht mit dir ins Bett gehe«, schimpfte sie. »Und meinem Papa sage ich das auch. Bin mal gespannt, ob er dir dann immer noch sonntags nach dem Mittagessen eine Zigarre in seiner Bibliothek anbietet.«

»Erstens hat er keine Bibliothek, sondern nur ein etwa sechzig Zentimeter breites Bücherbrett mit Reader's-Digest-Auswahlbänden, gleich neben dem röhrenden Hirschen«, parierte Schmalenbach – nun ebenfalls kämpferisch geworden, wie immer wenn sie seine zur Versöhnung gereichte, verschwitzte Hand so gefühllos abschlug. »Und zweitens habe ich für mein Lebtag noch keine Zigarre geraucht. Trotzdem versucht dein alter Herr seit fünfzehn Jahren, mir die gleiche ausgetrocknete Flöte anzudrehen.«

»Mein Papa gibt sich seit fünfzehn Jahren alle Mühe mit dir, du aber erteilst dem armen, alten Mann mit seiner letzten Zigarre regelmäßig eine Abfuhr. Du bist einfach unsensibel, und unsensible Männer dämpfen meine Liquidität.«

»Libido heißt das, Elke! Liquidität ist was anderes.«

Elke fuhr hoch: »Ich kenne meinen Körper besser als du. Unterlass also deine Spitzfindigkeiten!«

»Das sind keine Spitzfindigkeiten, das ist pure Semantik.«

»Als ob du davon mehr verstehen würdest als ich! Ich habe schließlich mit vierzehn meinen ersten Verkehr gehabt. Du mit einunddreißig! Mit mir!«

»Das ist eine gemeine Unterstellung!«, schrie Schmalenbach.

»Dann lass diese Belästigungen mit Fremdwörtern.«

»Ich belästige dich nicht, ich korrigiere dich. Du solltest dankbar dafür sein, Elke. Sonst tut das nämlich niemand. Die lassen dich einfach quatschen und lachen sich hinter deinem Rücken schief.«

Das traf Elke nun wirklich, Schmalenbach kannte seine Freundin gut. Sie zischte: »Jungs renommieren halt gerne mit Fremdwörtern den Mädels gegenüber – vor allem wenn sie impotent sind.«

»ICH BIN NICHT IMPOTENT!«, schrie Schmalenbach. »Du schläfst nicht mit mir. Wenn du es tun würdest, würdest du sehen, dass ich alles andere als impotent bin.«

»Weiß man's?«, zirpte Elke.

Schmalenbach seufzte. »Im Übrigen bin ich kein Junge mehr, und du bist kein Mädel mehr. Wenn man über vierzig ist und so redet, macht man sich lächerlich, Elke!«

»Wer ist wohl lächerlicher: Ein Mittvierziger, der ständig mit Fremdwörtern vertuschen will, dass er impotent ist, oder eine junge, selbstbewusste Frau, die sich seinem Drängen nach Sex widersetzt?«

Schmalenbach lies kraftlos seinen Kopf sinken. »Warum schläfst du nicht mit mir?«, jammerte er.

Elke stellte die Talkshow wieder lauter und antwortete: »Weil ich nicht will, basta!«

Im gleichen Augenblick aber brach es aus ihr heraus, die lange unterdrückten Gefühle, die innere Wärme, die durch ihr kaltes Äußeres verdeckt worden war. Elke schluchzte. Dann rannen ihr dicke Tränen über beide Wangen, sie brach in ein kindliches Weinen aus. Schmalenbach nahm sie in den Arm. Er strich ihr sanft über die Haare. Er hauchte ihr einen väterlichen Kuss auf die Stirn. »Meine Arme«, sagte er unendlich leise. »Ich wusste ja nicht, ich wusste nicht, dass du viel, viel mehr unter dieser vertrackten Situation leidest als ich.« Er reichte ihr ein Taschentuch.

»Ich wusste, dass du mich verstehst«, sagte sie mit zitternder Stimme. »Das ist es ja auch, was uns zusammenhält, dass du trotz deiner rauen Schale Mitgefühl für eine Frau hast. Für das Leiden.«

»Jaaaaa!«, sagte Schmalenbach und drückte seine Elke ganz fest an sich. In diesem Moment war alles Fleischliche, waren die bitteren Nächte auf der Couch, das kalte, ungestillte Verlangen des Mannes nach dem Körper der Frau ausgelöscht. Zwischen Schmalenbach und seiner Elke war nur noch ein tiefes, ein körperloses Verständnis. Und Schmalenbach war stolz auf sich, er war stolz darauf, dass er es geschafft hatte, seine plumpen Triebe zu sublimieren, sie zurückzusetzen in das Reich des Vorbewussten, ihnen einen Verweis der Vernunft im Namen echter Gefühle zu erteilen.

Er seufzte – diesmal war es ein freier, ein ehrlicher Seufzer des ungebundenen Geistes. »Aber dennoch«, sprach er dann mit dem Tremolo des alles verstehenden und alles verzeihenden, des reifen Partners. »Dennoch sollten wir darüber reden. Das hilft dir, Elke, glaube mir!«

Elke schniefte noch, dann begann sie zaghaft: »Ich weiß es ja auch erst seit heute Abend. Aber nichtsdestoweniger hat es mein tiefstes Inneres berührt. Es ist seine letzte Sendung.«

»Was? Wessen letzte Sendung? Wovon sprichst du?!«

»Von Kerner. Sie haben seine Talkshow abgesetzt. Trotz der schönen Gespräche. Trotz der offenen und unverkrampften Art dieses Mannes. Trotz meiner vielen Briefe!« Wieder brach sie in Tränen aus. »Den Kerner einfach abzusetzen! So eine Gemeinheit. Ich könnte die Bande an die Wand klatschen! Wenn du nicht so viel Verständnis aufbringen würdest ...«

Schmalenbach machte sich los und stürzte hinaus – in die Nacht. Ins »Promi«.

Pfeifenberger hatte in der letzten Zeit viel Geld an der Börse verloren. »Ich weiß, dir geht's nicht gut«, begann Schmalenbach. »Aber ich habe auch so meine Probleme. Elke schläft nicht mehr mit mir.«

Pfeifenberger kratzte sich am rechten Ohr. »Wenn's nur das ist, Schmalenbach. Da lässt sich Abhilfe schaffen.«

Schmalenbach stand der Mund offen vor Staunen. »Du willst doch nicht etwa behaupten, dass du ein probates Mittel zur Hand hast, mit dem man frigide Frauen heilen kann?« Schmalenbach wusste genau, dass von Pfeifenberger in dieser Hinsicht nur Untaugliches, ja Kriminelles zu erwarten war – aber in seiner Not redete er sich insgeheim ein, ein Wunder würde ihm vielleicht helfen. Und warum sollten die Götter nicht den unbedarften Pfeifenberger als Boten auserwählen?

»Erstens ist Elke nicht frigide – bloß weil sie nicht mit dir ... du weißt schon«, sagte Pfeifenberger. Dass er verbal ein bisschen gehemmt in diesen Dingen war, machte ihn in Schmalenbachs Augen nur noch glaubwürdiger. »Das ist eine typisch männliche Projektion, um nicht zu sagen Unverschämtheit, Schmalenbach.«

Pfeifenberger hatte ja recht. Pfeifenberger wurde eigentlich chronisch unterschätzt. Pfeifenberger war ganz anders als man im Rhein-Main-Gebiet glaubte.

»Hör mal!«, begann der weise Pfeifenberger. »Frauen sind anders, als man das gemeinhin annimmt ..., als du das gemeinhin annimmst, Schmalenbach! Frauen wollen es. Sie wollen es immerzu. Aber sie trauen sich nicht. Was ihnen fehlt ist der Anstoß ...«

»Der Anstoß?«, fragte Schmalenbach vorsichtig, so ganz sicher war er sich seiner Sache nicht mehr.

»Was tust du, um dich anzutörnen, Schmalenbach? Wie jeder gesunde Mann greifst du zu intelligenten Stimulanzien. Zu gutgemachten, sensiblen ... Pornos.«

»NEIN!«, schrie Schmalenbach. »Nein, und nochmals nein. Ich bin nicht so, und Elke erst recht nicht.«

»Vielleicht bist du nicht so, Elke aber ist eine FRAU, und Frauen sind anders, sie sind ... vordergründig und biologisch labiler als wir Männer.«

»Das ist doch lächerlich, ich mache mich doch nicht unmöglich vor Elke!«

»Vielleicht bist DU ja frigide, Schmalenbach, und Elke wartet nur darauf, dass endlich der Richtige kommt, einer, der es ihr ...« Pfeifenberger stockte und wurde rot.

In Schmalenbachs Brust krampfte sich etwas zusammen. »Wo bekommt man die ... diese Dinger?«

»Die Pornos? Das ist der Haken bei der Sache. Kaufen kannst du den Kram natürlich nicht. Ich könnte dir schwarz was besorgen. Von einem Freund aus Dänemark. Ist natürlich teuer.«

Am nächsten Abend hatte Pfeifenberger die Ware dabei. Schmalenbach wurde einhundertfünfzig Euro los, aber das war ihm sein Liebesglück wert. Zu Hause schloss er sich im Bad ein und öffnete das graue Paket. Es handelte sich um harten Stoff. Auf einem der Hefte klebte noch ein Preisschild. Neun Euro achtzig. Bahnhofskiosk. Zur Tarnung, nahm Schmalenbach an.

Er hatte alles genau vorbereitet. Er hatte eine sehr gute Flasche Wein besorgt, er hatte eine von Elkes Lieblings-CDs aufgelegt (Eros Ramazotti), er hatte sich geduscht und eine Prise »Le brut« aufgelegt. Dann brachte er das Gespräch geschickt auf erotische Literatur – Gedichte und so. Elke schaute fern (eine Wiederholung von Kerners letzter Sendung, bei der immer wieder eingeblendet wurde: »Bitte nicht mehr anrufen, Fräulein Elke, das ist eine Wiederholung!«) und kaute Erdnüsse. Schmalenbach sagte, Pornographie sei eine emotionale Herausforderung für reife Intellektuelle. Elke gähnte und sagte, Pornos seien primitiv.

»Das ist eine typisch weibliche Projektion, um nicht zu sagen Unverschämtheit«, sagte Schmalenbach. »Frauen sind anders als man das gemeinhin annimmt ... als du das gemeinhin annimmst, Elke! Frauen wollen es. Sie wollen es immerzu. Aber sie trauen sich nicht. Was ihnen fehlt ist der Anstoß ... Elke, du bist eine FRAU, und Frauen sind anders, sie sind ... vordergründig und biologisch labiler als wir Männer.«

Jetzt schaute Elke auf. Kerner faltete die Hände vor der Kamera. Elke stellte den Ton ab. »Und du meinst: Pornos lösen ... Verkrampfungen?«

»Und wie!«, jubelte Schmalenbach. Pfeifenberger ist ein Genie, dachte er.

»Schade!«, sagte Elke, und dann lauter: »Schade, dass wir hier so was nicht haben, ich hätte mich gerne von der Wirkung überzeugt.«

Schmalenbach hechelte. »Natürlich würde ich mir niemals so was kaufen. Schon allein deshalb nicht, weil ich weiß, dass du nicht ... damit fertigwerden würdest, oder?!«

»So prüde bin ich nun wieder auch nicht.«

»Frauen wissen oft selbst nicht, was gut für sie ist. Und sie nutzen jede Gelegenheit, ihre Männer ins Unrecht zu setzen. Ich weiß wovon ich rede, Elke.«

»Hast du nun Pornos oder nicht?«

»So was ist eigentlich etwas sehr Intimes.«

»Also nicht!«

»Warum möchtest du sie denn unbedingt sehen?«

»Weil ... weil ... weil Frauen anders sind. Sie wollen es immerzu. Aber sie trauen sich nicht. Was ihnen fehlt ist der Anstoß ... Frauen sind eben vordergründig und biologisch labiler als ihr Männer.«

Schmalenbach schluckte, dann führte er sie ins Schlafzimmer. Er war sehr erregt. Während Elke die Hefte durchblätterte, tätschelte er ihren rechten Unterarm. »Wollen wir uns nicht hinlegen?«, fragte er. »Du kannst ja weiterblättern.«

»Warte!«, bettelte Elke. »Nur eine Sekunde. Es ist so ... so ... unbegreiflich.«

»Nicht wahr?«, sagte Schmalenbach. »Diese ... du weißt schon ...«

Dann schlug Elke das Heft zu. »Und jetzt?«, fragte Schmalenbach und zog sie an sich.

Elke stieß ihn weg. »Ekelhaft!«

»Aber, ihr Frauen seid doch ...«

»Primitiv!«

»Pfeifenberger sagt ...«

»Daher weht also der Wind. Mittlerweile regiert dieser emotionale Kretin schon unser Sexualleben. Mickrig!«, schrie sie. »Mickrig!!!!!«

»Aber dir fehlt nur der Anstoß, weil du biologisch vordergründig und labil ... Und du wolltest doch unbedingt meine Pornos sehen ...«

»Doch nur, um mich davon zu überzeugen, ob du wirklich so primitiv bist, wie meine Mutter sagt.«

Sie lief hinaus. Die Tür schlug zu. Schmalenbach warf die Hefte in die Ecke. Dann rief er Pfeifenberger an. Aber niemand hob ab. Danach fühlte Schmalenbach sich mickrig und primitiv.

DAS FEUILLETON IST WEG

»Das Feuilleton ist weg«, sagte Schmalenbach. »Das geht jetzt aber wirklich zu weit.«

»Welches Feuilleton?«, fragte Elke.

»Mein Kulturteil«, antwortete Schmalenbach und faltete die Zeitung zusammen. »So etwas verdirbt mir den ganzen Sonntag.«

»Lies doch was anderes! Die Wirtschaft oder den Sport. Warum liest du nie den Sportteil? Andere Männer verbringen das ganze Wochenende damit. Es hat so etwas Häusliches.«

Wie kam er dazu, statt des Feuilletons den Sportteil zu lesen? Er war doch kein Pfeifenberger.

»Zu einem echten Mann gehört einfach sein Sportteil«, behauptete Elke.

Schmalenbach ließ sich nicht provozieren. Wozu hatte er fünfzehn Semester Geisteswissenschaften studiert? Um sich von einer Realschülerin provozieren zu lassen? »Ich bestehe auf meinem Feuilleton. Von Kindesbeinen an lese ich am Wochenende das Feuilleton, und ich denke nicht daran, davon abzuweichen, nur weil du der Meinung bist, Männer müssen dumm und sportbegeistert sein.«

Elke drückte ihren Rücken durch. Das war ein sicheres Zeichen dafür, dass Schmalenbach mal wieder ins Schwarze getroffen hatte. »Dir könnte ein wenig Sport nichts schaden. Auch wenn es nur die Lektüre der Bundesligatabelle wäre. Obwohl du davon noch keinen Waschbrettbauch bekommst ...«

Schmalenbach wollte nichts anderes als sein Feuilleton lesen – eine Sache, die jedem kultivierten Menschen zustand. Warum musste er sich dafür solche Beschimpfungen anhören? »Mein Bauch ist völlig in Ordnung«, stellte er tonlos klar.

»Wenn du dich mal vergleichen würdest mit den Fotos der gut trainierten Sportler im Sportteil würde dir auffallen, dass da eine Diskrepanz klafft, die artengeschichtlich schon gar nicht mehr zu erklären ist.«

Wenn sie so gemein war, hatte sie immer etwas zu verbergen. Deshalb blieb Schmalenbach ruhig. Ganz ruhig. »Sag schon! Wo hast du's hingeschafft?«

»Was?«

»Mein Feuilleton!!!!!!!!!!!!«, brüllte er.

Natürlich tat sie ganz ahnungslos. »Als ob mich diese blutleeren Seiten interessieren würden.«

»Ich weiß: Du liest nur die Sonderangebotsbeilagen der Supermärkte. Ich aber interessiere mich dafür, was die Menschen kulturell umtreibt. Ich bin ein kreativer, sensibler, weltoffener Mensch. Und dich interessiert nur, ob Martin Walser einen Waschbrettbauch hat und wie potent Andy Warhol war.«

»Wer ist Martin Walser?«

Und diese Frau enthielt ihm sein Feuilleton vor. War ihre Beziehung nicht ein Irrtum des Schicksals, eine soziale Mutation? »Du weißt nicht einmal, wer Martin Walser ist, willst mir aber vorschreiben, welche Zeitungsseiten ich zu lesen habe.«

Elke grinste ihn frech an. »Das war nur ein Witz. Ich wollte dich wütend machen. Du bist immer so putzig, wenn du wütend bist. Natürlich weiß ich, wer Martin Walser ist ...«

»Soso. Dann nenne mir doch mal schnell zehn seiner Bücher! Mit Erscheinungsjahr!«

»Du weißt ja nicht einmal wo das Feuilleton deiner Zeitung geblieben ist. Also spiele hier nicht den Besserwisser, Schmalenbach!«

Das genügte. Schmalenbach sprang auf und suchte die Wohnung ab. Ohne Erfolg. Sein Feuilleton war einfach nicht aufzufinden. Nirgendwo. Nicht mal auf der Toilette.

»Vielleicht hat dir dein Zeitungsverkäufer eine Zeitung angedreht, bei der das Feuilleton fehlt«, flötete Elke.

Angesichts solcher Indolenz kochte Schmalenbach vor Wut. »Wenn es auch nur einen Menschen auf dieser Welt gibt, der ansatzweise versteht, was mich umtreibt, dann ist das mein Zeitungsverkäufer«, fuhr er sie an. »Aber die Bösartigkeit deiner Reaktion auf die höfliche Frage nach dem Verbleib meines Feuilletons ...«

»Von höflich kann ja wohl keine Rede sein.«

»... bestärkt mich darin zu glauben, dass du mein Feuilleton hast verschwinden lassen.«

Elke tat so, als falle sie aus allen Wolken. »Ich? Warum sollte ich das tun?«

Darauf gab es nur eine Antwort: »Weil du neidisch bist!«

»Neidisch? Ich? Auf dein Feuilleton. Auf dem Wochenmarkt sind das die Seiten, die zuerst dazu benutzt werden, die Fischabfälle einzuwickeln. Und darauf sollte ich neidisch sein ...«

»Du bist neidisch, weil du es nicht ertragen kannst, dass ich in aller Ruhe mein Feuilleton studiere, mich verliere in der wunderbaren Welt der Kultur, während du nichts, aber auch rein gar nichts mit dir anzufangen weißt, sobald du deine Zehennägel lackiert hast und alle Hackfleischsonderangebote durchgegangen bist.« Das musste einfach mal gesagt werden.

Elke schwieg. Das zeigte Schmalenbach, dass er genau den richtigen Ton angeschlagen hatte: souverän, nachdrücklich, aber nicht beleidigend.

»Also zum letzten Mal: Wo ist mein Feuilleton abgeblieben?!«

Elke widmete sich wieder ihren Zehennägeln. »Vielleicht ist es mit dem Immobilienteil in den Müll gewandert.«

Jetzt kam man der Sache schon näher. »Und wieso landet der Immobilienteil im Müll? Nur weil du dir keine Eigentumswohnung leisten kannst – mit deinem kläglichen Sekretärinnengehalt?«

»Nein, weil du ihn nicht liest.«

»Und die Gefahr, dass dabei das Feuilleton mit entsorgt wird, bevor ich es gelesen habe, spielt wohl keine so große Rolle, was?«

Elke hauchte ihre frisch lackierten Zehennägel an. »Wenn ich in diesem Haushalt nur Dinge tun würde, bei denen keine Gefahr besteht, dass du sie falsch verstehst, würden wir beide verhungern oder im Dreck ersticken.«

»Aha, mein Feuilleton hat also deinen Hausfraueninstinkt gereizt?«, tobte Schmalenbach. »Was verschwindet denn auf diese Art als Nächstes: Meine Kontoauszüge? Meine Sparbücher? Oder unser Ehevertrag?«

»Ehevertrag? Wir sind doch gar nicht verheiratet.«

Typisch. Wenn es eng wurde, verlegte sie sich immer auf Haarspaltereien. Schmalenbach hatte genug von der fruchtlosen Diskussion. Er ging in die Küche und inspizierte den Mülleimer. Dort fand er wirklich den Immobilienteil. Ungelesen weggeworfen. Sein Feuilleton war nicht dabei. Er wühlte tiefer und tiefer. Unter alten Filtertüten und zusammengeknülltem Küchenrollenpapier. Und wirklich, ganz, ganz unten stieß er auf – sein Feuilleton. Sein Herz schlug höher, als er den Aufmacherartikel über die Riemenschneider-Ausstellung in Bad Bertrich entdeckte. Sofort las er sich fest – und angesichts der schönen und gewaltigen Dinge erholte sich seine Seele von der profanen Auseinandersetzung mit dieser geistlosen Person. Er atmete wieder freier – und schwor sich, die Riemenschneider-Ausstellung nicht zu verpassen, selbst wenn es ihn drei Stunden Fahrt nach Bad Bertrich kosten sollte.

»Sieh mal, was ich hier gefunden habe«, sagte Elke, als sie das Frühstücksgeschirr abräumte. »Da ist es ja, dein teures Feuilleton. Unterm Sessel lag es.«

Schmalenbach schaute nicht einmal auf. »Wahrscheinlich verwechselst du es mit den Stellenanzeigen«, sagte er mit der Kälte eines Menschen, der um die Untiefen der Existenz wusste.

»Hier steht ganz groß Feuilleton drüber«, sagte sie trotzig.

Schmalenbach drehte seinen Kopf nur ganz leicht. »Und was ist das, was ich gerade aufmerksam studiere, nachdem ich es aus deinem Mülleimer gezogen habe?«

Elke riss ihm sein Feuilleton aus der Hand. »Siehst du nicht den Tomatensoßenfleck? Wann hatten wir das letzte Mal Tomatensoße? Im Winter. Und das Datum: 14. Februar. Du vertiefst dich gerade in ein Feuilleton von vor vier Monaten.«

Schmalenbach brauchte eine Weile, bis er begriff, dass es für die Riemenschneider-Ausstellung zu spät war. Bevor er die Wohnung verließ, bat er Elke noch, beide Feuilletons zu entsorgen. Es stand sowieso immer das Gleiche drin.

DAS LETZTE WIRKLICH GUTE JAHR

Das auslaufende Jahr war nicht überragend. Das davor übrigens auch nicht. Wenn man es genauer besah, musste man feststellen, dass es schon lange kein wirklich gutes Jahr mehr gegeben hat. Also ein Jahr, aus dem Schmalenbach als strahlender Sieger hervorgegangen wäre.

Was gab es an Silvester zu feiern? Dass das alte Jahr endlich vorbei war und ein neues begann? Wer konnte denn garantieren, dass das nächste Jahr nicht noch schlechter werden würde als die Jahre davor? Niemand. Also.

Das letzte wirklich gute Jahr lag schon mindestens zehn Jahre zurück. 2000 war ganz nett. Da hatte Schmalenbach kurz mit dem Gedanken gespielt, sich von Elke zu trennen und noch mal neu anzufangen. Oder war das Jahr 1999 besser? Das war das Jahr, als Elke sich von Schmalenbach trennen wollte, es aber nicht getan hatte, weil ihre Mutter dagegen war. Wenn das nicht mehr zu entscheiden war, konnten aber beide Jahre so überragend auch nicht gewesen sein.

»1997 oder 1998 ging's mir richtig gut«, sinnierte Elke. »Da hatte ich noch Freude am Sex.«

Als ob das das Maß für ein geglücktes Jahr wäre. Wenn

Schmalenbach danach ginge, müsste er zurückgehen bis weit in die Achtzigerjahre. Damals herrschte aber noch Kalter Krieg. Da war das Leben auch kein Zuckerschlecken gewesen. Obwohl der Sex eindeutig besser war. Noch nicht so verkrampft und angestrengt. Damals tat man es einfach und zerbrach sich nicht den Kopf darüber, was man falsch machen konnte.

»Für uns Frauen wird es sowieso jedes Jahr schwieriger«, behauptete Elke. »Das Alter nagt intensiver an uns. Bei Männern merkt man das nicht so.«

Immerhin sah sie das ein. Schmalenbach fand, dass er sich seit Anfang der Neunzigerjahre äußerlich kaum verändert hatte. Das machte seine optimistische Lebenshaltung. Wer mit Verstand und Zuversicht an die Probleme heranging, der alterte nicht so schnell.

»Die Männer sehen schon mit fünfundzwanzig Jahren alt aus und haben Übergewicht, da fallen die folgenden Jahrzehnte nicht mehr so ins Gewicht«, behauptete allerdings Elke. »Während bei uns modernen Frauen aus biologischen und soziologischen Gründen der Alterungsprozess immer später einsetzt. Wir tun eben auch mehr für unser Wohlbefinden. Um so härter trifft es Frau dann, wenn es wirklich losgeht. Wenn die Malaisen kommen und sie nicht mehr so oft für ihre eigene Tochter gehalten wird.«

Als ob das ein Kriterium für Lebensqualität wäre – dass man für die eigene Tochter gehalten wird. Da konnte Schmalenbach nur lachen. Ihm machte etwas viel Grundlegenderes zu schaffen: Der schleichende Verlust der Ideale. Ja, es gab keine Ideale mehr. Und nicht erst seit dem 11. September 2001. Diese Erosion hatte schon viel früher begonnen. Vielleicht sogar schon 1989, als der Osten zusammengebrochen und die Mauer gefallen war. Welche Utopien gab es denn danach noch? Gut, wenn er an Elkes Freunde aus Chemnitz dachte, die Jahr für Jahr zur Offenbacher Lederwarenmesse kamen (warum eigentlich?) und nichts Besseres zu tun hatten, als sich durch die billigen Hummerangebote im Rhein-Main-Gebiet zu schlemmen: Von Utopien konnte da wirklich keine Rede sein. Da hatte ja ein Germersheimer mehr Visionäres zu bieten – auch wenn er seit Mitte der Achtzigerjahre immer an dem gleichen Roman aus dem Dreißigjährigen Krieg schrieb und damit noch keinen Blumentopf gewonnen hatte. Immerhin hatte der ein Ziel. Aber welches?

Pfeifenberger war das beste Beispiel dafür, dass es seit mindestens fünfzehn Jahren bergab ging. Früher hatte er von einer Einzelausstellung im Wilhelm-Busch-Museum geträumt. Heute zeichnete er Logos für Wellness-Hotels, zahlte seinen Range Rover ab und hoffte, dass der offene Immobilienfonds, in den er heimlich die Ersparnisse seiner Gattin gesteckt hatte, nicht zusammenklappte. Sex hatte er nur noch mit seiner Carola – und ab und zu mit der Verkäuferin aus der Videothek an der Ecke. Das war doch keine Künstlerbiografie, das war eine Schufa-Karriere.

Man musste sich nur umschauen: Es gab wirklich keinen Grund, die Jahreswende zu feiern. Aus Kämpfern waren Kleinaktionäre geworden, aus leidenschaftlichen Liebhabern urologische Problemfälle.

»Ich kann zu Silvester niemanden ertragen«, gestand Elke. »Alle diese mittelmäßigen und ausgebrannten Charaktere um uns herum. Es reicht völlig, wenn wir die das ganze Jahr mitschleppen müssen.«

Da hatte die Gute nicht unrecht. Lieber an Silvester bis in

die Puppen Horrorvideos schauen oder sich mit einer oder zwei Flaschen Rotwein einen Houellebecq vornehmen als die endlose Renommiererei eines Pfeifenberger ertragen.

»Oder Manderscheids Gejammer über seinen Leistenbruch«, jammerte Elke. »Wie letztes Jahr. Kein Wunder, dass die letzten zwölf Monate so ein Flop waren. Wenn man das Jahr schon im Kreise präpotenter Versager beginnt, kann ja nichts daraus werden. Meine Kolleginnen feiern dieses Jahr zusammen. Mit Fondueessen, Urlaubsfotos anschauen und Bleigießen. Natürlich wird bis in die Nacht hinein geschnattert. Intrigen und Verleumdungen. Das habe ich das ganze Jahr über. Wenigstens an Silvester will ich meine Ruhe haben. Und weißt du, was das Schlimmste ist: Keine dieser Kühe hat auch nur einen Moment daran gedacht, mich dazu einzuladen.«

»Du verkaufst dich in diesem Laden unter Wert«, sagte Schmalenbach. »Und was machen wir?«

»Wir tun so, als wäre Silvester ein ganz normaler Tag.«

»Also essen wir Nudeln, lesen Zeitung, streiten uns ...«

»... genau: haben Sex oder gehen früh zu Bett.«

»Oder beides.« Schmalenbach fand auch, dass das die einzige würdevolle Strategie war, dieses elende Jahr abzuschließen. Immerhin waren sie sich darin einig. Das geschah auch nicht alle Tage.

Das Telefon läutete. Pfeifenberger. »Was macht ihr denn an Silvester?«

»Wir sind zu einer großen Fete eingeladen. Elkes Kolleginnen lassen es richtig knallen. Zackenbarschfilets mit Trüffel aus der Toskana, hitzige politische Debatten, Karaoke und Partnertausch. Aber wir gehen nicht hin. Elke sagt, das hat sie das ganze Jahr über.«

Pfeifenberger seufzte. »Ich dachte, du wüsstest was, wo man sich unverkrampft anschließen könnte.«

»Nö«, sagte Schmalenbach. »Was macht denn Manderscheid?«

»Er kann nicht weg. Wegen seinem Leistenbruch. Aber wir sollen bei ihm vorbeischauen. Er will sich eine Almodóvar-DVD ausleihen und eine Feuerzangen-Bowle machen. Germersheimer kommt auch.«

»Was gibt's denn?«, rief Elke.

»Pfeifenberger fragt, was wir an Silvester machen.«

Elke stand sofort neben ihm. »Ich habe ihm gesagt, dass wir niemanden sehen wollen«, flüsterte Schmalenbach ihr zu. Elke nahm ihm den Hörer weg und sprach mit Pfeifenberger.

Schmalenbach stand abseits, und es ging ihm so wie Willy Brandt, wenn Brigitte Seebacher-Brandt mit Helmut Kohl telefonierte. Er fühlte sich ausgeschlossen – denn da sprachen zwei Seelenverwandte miteinander.

Als Elke auflegte, erklärte sie gerührt: »Natürlich weiß er nicht, wo er hin soll. Eigentlich tragisch. Almodóvar würde mich schon reizen. Manderscheid ist ja ganz besonders sarkastisch, wenn er leidet. Und Pfeifenberger war total süß: Er will Eierlikör besorgen. Wenn Carola zu viel davon trinkt, wird sie immer so obszön, dass es sogar ihm peinlich ist.«

Darauf freuten sich beide. »Weißt du«, sagte Elke noch. »Dieses verflixte Jahr haben wir doch nur ertragen, weil wir so eine verschworene Gemeinschaft sind.«

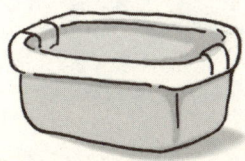